Long Game

Glück im Spiel, Fake in der Liebe

VEGAS ACES BUCH ZWEI

Lisa Suzanne

LONG GAME

VEGAS ACES BUCH ZWEI

Übersetzt von Literary Queens.

Veröffentlicht von Books by LS, LLC.

Coverdesign: Najla Qamber Designs

Für die 3Ms, die Teil meines eigenen Long Games sind.

Kapitel Eins

»Scheiße.« Er seufzt und *verdammt,* ich wünschte, ich könnte ihn besser verstehen. Murmelt er Flüche wegen des Artikels? Weil er es glaubt? Darüber, wie sich das auf sein Image auswirken wird?

Und dann ist es, als würde etwas ins Wanken geraten. Er blinzelt und starrt eine Sekunde lang ins Leere. »Oh, Scheiße!«

»Was?«

Er nimmt das Handtuch von seinem Hals und hängt es über die Seite des Laufbands. »Wir hatten eine Bonusnacht.« Er vermeidet den Blickkontakt und starrt auf sein Handtuch hinunter, als ihn die Erkenntnis zu überraschen scheint. »Scheiße!«

»Eine Bonusnacht?«, frage ich und ziehe die Stirn in Falten.

Er nickt und reibt sich den Nacken. »Ja. Vor zwei Monaten vielleicht? Das war, nachdem wir uns getrennt haben.« Er versucht, sich zu erinnern, während er sich umdreht und auf seinen Garten blickt. »Ich war mit ein paar

Kumpels unterwegs und wir haben viel zu viel getrunken, und dann tauchte sie bei mir zu Hause auf. Ich war betrunken und wir … na ja, du weißt schon.«

»Haben gebumst?« Ich fülle die Lücke aus, und er ist derjenige, der jetzt ganz verlegen aussieht.

Er räuspert sich. »Ja.«

Ich fuchtle mit meinem Handy herum. »Glaubst du, dass das, was in dem Artikel steht, wahr ist?«

Er nickt, während er sich mit beiden Händen ins Haar fasst, die erste echte Emotion, die er während dieses Gesprächs zeigt, abgesehen von einigen Flüchen. »Sie ist manipulativ, aber sie würde die Medien nicht über so etwas anlügen.« Seine Haare richten sich auf, während er mit der Faust in die Handfläche der anderen Hand schlägt. »Verdammt. Ich hätte wissen müssen, dass sie einen Weg finden würde, mich in eine Falle zu locken. Und zu Savannah zu rennen …« Er schüttelt den Kopf. »Das ist doch Bullshit!«

»Das bedeutet nicht, dass du in der Falle sitzt, Luke. Es gibt viele Eltern, die ihre Kinder gut erziehen, ohne verheiratet zu sein.«

»Ja, aber du kennst Michelle nicht. Sie ist die Art von Mensch, die absichtlich schwanger wird, um einen Weg zu finden, mich in ihrem Leben zu behalten.« Er umklammert das Geländer des Laufbands und setzt sich dann auf das Band. Er lässt den Kopf hängen, während die Wut in Wehmut umschlägt. »Mein Gott. Ich werde Vater. So habe ich mir den heutigen Tag überhaupt nicht vorgestellt.«

Ich knie mich ihm gegenüber auf den Boden, sodass wir auf Augenhöhe sind. »Sie kann manipulieren, so viel sie will, Luke, aber du musst nicht mit ihr zusammen sein, auch wenn du ein Baby mit ihr bekommst. Du kannst für sie *da* sein. Du kannst sie *unterstützen.* Aber du musst nicht ihr Freund oder ihr Ehemann sein.«

Er blickt zu mir auf und hat diesen zerrissenen Ausdruck in seinen Augen. Er möchte das Richtige tun, aber er möchte auch sein eigenes Leben führen. Er möchte glücklich sein. Er will nicht für immer von jemandem gefangen sein, den er nicht in seinem Leben sieht ... selbst wenn sie in irgendeiner Form in seinem Leben sein *wird*, wenn sie wirklich sein Baby austrägt.

Und ich glaube keine Sekunde lang, dass es wirklich von ihm ist. Er kann ihr glauben, was er will, aber ich muss es nicht.

»In Ordnung, Publizistin«, sagt er. Er blickt zu mir auf und als sich unsere Blicke treffen, spüre ich trotz des Skandals, den ich für ihn aufarbeiten muss, die Hitze zwischen uns beiden. »Beweise deinen Wert!«

Meine Augen weiten sich und ich nicke. »Ich schaffe das.«

»Ich werde dir heute einen Ring besorgen«, sagt er. »Einen größeren als den, den sie wollte.«

Ich lache über die schiere Kleinlichkeit in seinem Tonfall, bin mir aber nicht sicher, ob ich verstehe, was da passiert. »Also einfach so ... sind wir verlobt?«

Er presst die Lippen aufeinander. »Sieht so aus.«

»Aber es ist ein Fake«, stelle ich klar.

Er starrt mich eine ganze Weile an, als ob er über seinen nächsten Schritt nachdenken würde, und dann zuckt er mit den Schultern, bevor er die Worte spricht, die mir die Knie weich werden lassen. »Das muss nicht sein ... nicht, wenn wir tatsächlich heiraten.«

Meine Kinnlade fällt herunter und meine Augen weiten sich, während ich ihn in fassungsloser Stille anstarre. Als es mir endlich gelingt, Worte zu formulieren, stottere ich. »Äh ... was?«

Er gluckst.

»Schlägst du vor, dass wir wirklich *heiraten?*«, frage ich.

»Bei dieser Reaktion werde ich langsam einen Schritt zurücktreten und sagen: Nein, das war nicht das, was ich vorgeschlagen habe. Es war nur ein Gedanke.« Er hebt eine Schulter.

Meine Augenbrauen ziehen sich zusammen, als ich darüber nachdenke. »Ich dachte, du wolltest nie wieder heiraten.«

»Will ich auch nicht. Aber unsere Verlobung ist jetzt öffentlich. Es steht schwarz auf weiß«, sagt er und nickt auf die Schlagzeile auf meinem Handy. »Michelle spielt Spiele. Ich habe nie zurückgespielt, aber weißt du was? Ich habe viel darüber nachgedacht, was du gestern gesagt hast, und ich glaube, du hast recht.«

»Was habe *ich* gesagt?«, frage ich. Meine Wangen sind schon ganz heiß, nur von diesem Gespräch. Ich bin mir ziemlich sicher, dass ich schwitze, und ich trage immer noch dieses verdammte hauchdünne Tank-Top und Shorts. »Was habe ich denn gesagt?«

»Dass das, was sie tut, nicht fair ist.« Er hält inne und schüttelt dann den Kopf. »Du hast recht. Das ist es nicht. Wenn ich will, dass sich die Dinge mit Michelle ändern, dann muss ich dafür sorgen, dass sie sich ändert. Sie muss sehen, dass ich mich an jemand anderen binde, dass dieser Trick, den sie versucht, nicht funktionieren wird. Wenn sie mein Kind austrägt, werde ich der beste Vater sein, der ich sein kann. Aber ich kann nicht *mit* ihr zusammen sein. Dieser Verlobungsplan ist verrückt genug, um zu funktionieren ... wenn du immer noch mit von der Partie bist.«

»Ich bin immer noch mit der *Verlobung* einverstanden«, sage ich.

Ich brauche vielleicht eine Minute für das *eigentliche* Gesprächsthema *Ehe*. Ich bin mir jedenfalls ziemlich sicher, dass er ohnehin nur einen Scherz gemacht hat. Nicht wahr?

Mein Blick fällt auf seine Bauchmuskeln.

Ist das wirklich eine so verrückte Idee?

Da spricht eindeutig die Lust aus mir, aber trotzdem …

Der Gedanke an seine Hüften, die gegen meinen Hintern knallen, während ich mich an den bodentiefen Fenstern in einem Hotelzimmer auf dem Las Vegas Strip abstütze, schießt mir durch den Kopf.

Ist es hier draußen gerade ein bisschen heißer geworden?

Ich atme angespannt aus.

Ich weiß nichts über die Ehe, aber was eine vorgetäuschte Verlobung angeht, habe ich nichts zu verlieren. Ich werde ihm helfen, so gut ich kann.

Nicht, weil er heiß ist – obwohl er das ist –, und nicht, weil ich total in ihn verknallt bin – obwohl ich das bin –, sondern weil er mich hier wohnen lässt, mir einen Job gibt und der beste Freund meines Bruders ist. Es ist wirklich keine große Sache, so zu tun, als wäre ich mit dem heißesten Typen verlobt, den ich je gesehen habe.

»Geh wieder aufs Laufband!«, sage ich, denn ich muss das Thema wechseln. »Wir werden gleich ein paar Thirst Traps auf dein Instagram stellen.«

»Thirst Traps?«, fragt er, während er wie gewünscht wieder auf das Laufband steigt.

»Oh, mein süßer zukünftiger Ehemann, du musst noch so viel lernen. Fang an zu laufen!«

»Jetzt sofort? Müssen wir uns nicht zuerst um diese Schwangerschaftssache kümmern? Sollte ich nicht Michelle anrufen oder so?«, fragt er.

»Das ist genau das, was sie will, nicht wahr? Ich kümmere mich um die Medien, aber wir brauchen einen Moment, um darüber nachzudenken. Lass uns erst einmal tief durchatmen und einen Plan entwerfen, bevor du zum Telefon rennst. Und in der Zwischenzeit mache ich ein paar Fotos, damit wir deine Insta-Kampagne in Gang bringen können.«

Er runzelt die Stirn, und Gott, er ist so süß, aber dann tut er, worum ich ihn bitte. Ich genieße meinen Job als seine Amateurfotografin und fotografiere ihn aus verschiedenen Blickwinkeln, während er auf dem Laufband läuft. Ich erröte noch mehr, als ich daran denke, dass ich mir eine ziemliche Spank-Bank anlege.

Und da fällt mir ein, dass ich mich buchstäblich aus dem Bett gewälzt habe, um hierherzukommen. Mein Haar ist durcheinander, ich habe Mundgeruch, bin ungeschminkt und trage dieses schreckliche Tank-Top mit knappen Shorts.

Als er jedoch zu mir schaut und seine Augen an meinem Körper entlanggleiten ... scheint es ihn nicht zu interessieren, dass ich mich gerade aus dem Bett gerollt habe.

Tatsächlich scheint es ihm fast zu gefallen.

Die Hitze in seinen Augen gibt mir jedenfalls dieses Gefühl.

Ich führe den Ausdruck in seinen Augen darauf zurück, dass er auf dem Laufband schwitzt. Ich mache noch ein paar Fotos, lasse ihn wissen, dass ich hineingehe, und verschwinde zum Duschen in mein Schlafzimmer.

Natürlich erst, nachdem ich alle Bilder durchgesehen habe, die ich soeben gemacht habe.

Sobald ich mich angezogen und mir die Zähne geputzt habe, finde ich Luke in der Küche, wo er Lucky Charms in eine Schüssel schüttet. »Willst du welche?«, fragt er.

Ich schüttle den Kopf und gehe zu dem riesigen Kühlschrank, um Debbies Frühstücksangebot durchzusehen.

»Es gibt eine frische Kanne Kaffee«, sagt er.

»Habt ihr aromatisierte Kaffeesahne?«, frage ich aus den Tiefen des Kühlschranks.

Er nickt. »Oberstes Regal links.«

Sobald ich meinen Kaffee getrunken habe, setze ich mich vorsichtig auf den Hocker und rufe die Fotos auf, die ich von Luke mit meinem Handy gemacht habe. Ich wähle eines meiner Lieblingsfotos aus, bearbeite es ein wenig und schreibe eine Bildunterschrift dazu, in der steht, dass er seinen Job liebt und hart daran arbeitet, seinen Körper auch in der Nebensaison fit zu halten.

»Bist du bereit für deinen ersten Beitrag auf Instagram?«, frage ich ihn.

Er blickt zu mir und ich mache ein Foto von ihm, wie er Milch in seine Müslischale gießt. Es ist eine ganz normale, alltägliche Sache, die ein Mann in seiner Küche tut, aber es zeigt ihn in einem Element, in dem ihn nur wenige Menschen je gesehen haben. Er schaut mich einen Moment lang misstrauisch an, dann nimmt er einen Löffel und kommt auf mich zu. »Zeig mir, was du hast.«

Ich schiebe ihm mein Handy hinüber und er schaut auf das Bild und dann zu mir hoch.

Ich grinse. »Das, mein Freund, ist das, was wir in der Branche eine *Thirst Trap* nennen.«

»Ja, das hast du schon mal gesagt, und ich weiß immer noch nicht, was es bedeutet.«

»Das ist, wenn man ein heißes Foto mit der Absicht postet, Aufmerksamkeit zu erregen«, erkläre ich. »Je mehr Likes und Kommentare du zu einem Foto bekommst, desto mehr wird Instagram sehen, dass du ein lohnenswerter Nutzer bist, und desto häufiger wird dein Account anderen Leuten angezeigt.«

»Und dieses Bild von mir, absolut verschwitzt vom

morgendlichen Laufen ... das ist eine Thirst Trap?« Er sieht mich ungläubig an und ich kichere.

»Du hast keine Ahnung, wie heiß du bist, oder?«

Er zieht die Brauen hoch. »Ich bin ganz schön ins Schwitzen gekommen, also ja, ich habe eine Vorstellung davon, wie heiß mir war.«

Ich rolle mit den Augen. »Du weißt, was ich meine.«

Er lacht. »Das macht es nicht weniger seltsam, dass du mir sagst, wie heiß ich bin, als wäre es keine große Sache, bevor ich überhaupt meine Cornflakes gegessen habe. Es ist eine große Sache, Ellie.«

»Warum?«, fordere ich. »Du hast mir bereits gesagt, dass ich tabu bin. Ich arbeite jetzt für dich und mein Ziel ist es, der Welt zu zeigen, wie heiß du bist, wie nett du bist, und vor allem, wie wichtig du für die Aces bist. Das alles beginnt mit der Thirst Trap Nummer eins. Habe ich also dein Einverständnis?«

»Gott, es gefällt dir wirklich, mich aus meiner Komfortzone herauszuholen.« Er seufzt schwer, dann zuckt er mit den Schultern. »Nur zu! Tu, wofür ich dich bezahle, und wenn ich es später bereue, dann ist das meine Sache.«

»Du wirst es nicht bereuen. Vertrau mir einfach!« Ich klicke auf die Schaltfläche zum Posten und drücke die Daumen, dass ich das Richtige tue, um ihm zu helfen, und dass keiner von uns beiden meine Worte jemals bereuen wird.

Kapitel Zwei

B*eweise deinen Wert!*

Trotz all der anderen Worte, die er zu mir gesagt hat – wie die Tatsache, dass er mir einen riesigen Ring besorgen wird, damit wir wirklich so tun können, als wären wir verlobt und vielleicht wirklich heiraten können, obwohl ich immer noch glaube, dass er damit nur einen Scherz gemacht hat – sind das die drei, die sich immer wiederholen.

Ich muss herausfinden, wie ich diese Nachricht verarbeiten kann.

Jetzt ist es meine Aufgabe, ihn als den guten Kerl hinzustellen, der mit einer Frau verlobt ist, während er eine andere geschwängert hat.

Ich seufze und starre auf den blinkenden Cursor auf einem sehr leeren Bildschirm.

Ich habe noch viel Arbeit vor mir.

Wie ich die Sache auch drehe und wende, am Ende sieht er aus wie ein geiles Arschloch.

Es sei denn, es ist nicht wirklich sein Baby.

Ich muss herausfinden, wie weit sie schon ist. Ich brauche einen konkreten Beweis dafür, dass es seins sein könnte. »Luke?«, rufe ich durch das Haus.

»Ja?«, schreit er zurück. Ich glaube, er ist in seinem Büro, und ein paar Sekunden später betritt er die Küche. »Was ist los?«

»Wann war eure Bonusnacht?«

Er runzelt die Stirn und kneift dann die Augen zusammen, als würde er versuchen, sich zu erinnern, und ich sehe den Moment, in dem es Klick macht, als würde eine Glühbirne über seinem Kopf angehen. Er holt sein Handy aus der Tasche, öffnet eine App und zählt. »Am vergangenen Samstag vor sieben Wochen. Wir sind zu Bryants Geburtstag gegangen.«

»Wer ist Bryant?«

Er wirft mir einen *Das-meinst-du-nicht-ernsthaft*-Blick zu, aber er antwortet trotzdem. »Jaxon Bryant? Star Runningback der Aces?« Er sagt die Antwort wie Fragen und ich zucke nur mit den Schultern, weil ich immer noch nicht weiß, wer er ist.

Er schüttelt den Kopf und lacht. »Ich habe noch nie jemanden getroffen, der keine Ahnung vom Spiel hat, geschweige denn einen Blutsverwandten eines Spielers.«

Ich halte beide Hände hoch. »Entschuldigung! Josh spielt erst seit einem Jahr hier. Frag mich nach einem Spieler der Bears, dann weiß ich's vielleicht.« Das ist eine Lüge. Ich würde es nicht wissen.

»War das deine einzige Frage?«, will er wissen. »Ich gehe gerade den Papierkram von meinem Agenten durch.«

»Wann habt ihr euch getrennt?«

»Ich weiß nicht. Vor ein paar Monaten?«

»Nicht gut genug. Ich versuche, zu verstehen, was hier los ist, und du gibst mir nicht viel, womit ich arbeiten kann.

Wenn du also nicht wie ein Arschloch aussehen willst, das ihn nicht in der Hose behalten kann, brauche ich ein Datum.«

Er starrt mich einen Moment lang schockiert an, dann hebt er eine Augenbraue und wirft mir ein verschmitztes Lächeln zu. »Ich mag es, wenn du dich mir gegenüber so bestimmend verhältst, auch wenn das, was du gerade gesagt hast, ziemlich gemein war.«

Ich weiß, dass ich rot werde, aber ich zwinge mich, nicht auf seine Worte zu reagieren. Stattdessen ziehe ich die Augenbrauen hoch und frage stumm, wie seine Antwort lautet.

Er atmet tief aus und schaut dann wieder auf sein Handy. Ich schaue zu ihm und sehe, wie er durch seinen Kalender scrollt. Ich wette, wenn ich Michelle fragen würde, wann sie Schluss gemacht haben, hätte sie ein Datum und eine Uhrzeit auf die Minute genau.

»Es war im Januar, gleich nachdem wir die Playoffs verloren haben. Sie fand es süß, als sie mich einen Verlierer nannte, und das war's. Ich war fertig.«

»Was für ein Miststück«, sage ich. »Und du hast ihr trotzdem eine Bonusnacht geschenkt?«

»Ich war so fertig, dass ich mich nicht mal mehr daran erinnern kann«, sagt er und steckt sein Handy zurück in seine Tasche. »Sie war da, als ich am Morgen aufgewacht bin. Wir waren beide nackt. Ich habe zwei und zwei zusammengezählt.«

»Du warst betrunken, hast eine Frau gebumst, die du nicht ausstehen kannst, erinnerst dich nicht daran, und sie taucht sieben Wochen später auf und behauptet, sie trage dein Baby aus?«, frage ich. Das passt nicht zusammen und ich traue Michelle nicht. Aber ich muss einen Weg finden, Luke wie einen guten Kerl aussehen zu lassen, ohne die schwangere Michelle vor der Presse schlechtzumachen. Die Sympathie der Öffentlichkeit wird auf der Seite der Schwangeren sein, egal, wie ich es darlege.

»Ja, so könnte man es zusammenfassen«, sagt er. »Was schlägst du vor?«

»Vielleicht einen Vaterschaftstest? Ich weiß nicht, wie diese Dinge funktionieren, aber ich kann das für dich recherchieren.«

Er räuspert sich. »Ich habe da vielleicht etwas Erfahrung.«

Ich hebe eine Augenbraue und er seufzt.

»Für volle Transparenz: Nach meiner Scheidung habe ich einige wirklich dumme Entscheidungen getroffen.«

Ich habe zu all dem ein paar Fragen, aber ich protokolliere sie und verschiebe sie in den hinteren Teil meines Gehirns, weil ich hier ein Problem zu lösen habe.

»Okay, bevor ich deine Erklärung abschicke, musst du mit ihr sprechen«, sage ich. »Ruf sie jetzt sofort an! Verlange einen Beweis, dass sie schwanger ist und es wirklich von dir ist.«

Er starrt mich eine Weile an und lässt sich dann auf den Stuhl neben mir gleiten. »Ich werde Beweise dafür verlangen, dass sie wirklich schwanger ist, aber ich kann sie nicht einfach anrufen und einen Vaterschaftstest verlangen.«

»Warum nicht?«

»Es ist kompliziert.« Er wartet nicht darauf, dass ich darauf antworte. Stattdessen wählt er ihre Nummer und stellt sie auf Lautsprecher, damit ich mithören kann.

»Luke, mein Lieber«, antwortet sie. »Ich habe auf deinen Anruf gewartet.«

Er rollt mit den Augen und ich unterdrücke ein Kichern. »Ich brauche einen Beweis, dass du wirklich schwanger bist.«

»Vor zwei Tagen hatte ich meinen ersten Arzttermin«,

sagt sie. »Ich bin in der siebten Woche. Sie haben den Tag der Empfängnis auf den fünften April festgelegt und das ist die Nacht, in der wir miteinander geschlafen haben. Ich bin vorbeigekommen, um dir von dem Baby zu erzählen, aber du schienst nicht an einem Gespräch interessiert zu sein.«

»Also bist du zu Savannah gelaufen?«, spottet er.

»Ich musste etwas tun, um deine Aufmerksamkeit zu erregen, mein Lieber.«

Ich möchte in das Telefon greifen und ihr den Kopf abreißen.

»Ich will einen Beweis dafür, dass du wirklich schwanger bist«, sagt Luke noch einmal.

»Ich mache ein Foto von den Unterlagen meines Arztes, wenn wir auflegen. Vielleicht von mir lächelnd mit meinem kleinen Pipi-Stäbchen. Wäre das gut genug für dich?«

»Das reicht fürs Erste, aber ich will einen Beweis von deinem Arzt.«

»Jawohl, Sir! Gott, ich vermisse es, wie du dich mir gegenüber immer so dominant verhalten hast.« Ihre Stimme klingt wie ein Stöhnen, und ich vermute, dass dies ihre Art ist, ihm auf die Nerven zu gehen.

Ich ziehe eine Augenbraue hoch. Dominant? Das ist interessant.

Meine Schenkel verkrampfen sich bei dem Gedanken, dass er Dinge von mir verlangt, während wir beide nackt sind. Gedanken an Sex am Fenster eines Hotelzimmers überkommen mich.

Wieder.

Ich atme tief durch. Diese Nacht hat das Ganze in ein kompliziertes Durcheinander verwandelt. Wenn ich nur mit dem besten Freund meines Bruders zusammenleben würde und in ihn verknallt wäre, wäre das eine Sache.

Aber ich kann mich an das Gefühl von seinem Körper an

meinem erinnern. Ich erinnere mich, wie er in mich hinein- und herausglitt. Ich erinnere mich, wie ich ihn geküsst habe.

In meinem Bauch flattern Schmetterlinge.

Das ist nicht gut.

»Nun, ich heirate eine andere Frau, also wirst du es einfach weiterhin vermissen müssen.« Er beendet das Gespräch und ich hebe meine Hand zum High Five.

Er verzieht die Lippen, während er mir auf die Hand schlägt, als wolle er den Anruf nicht wirklich feiern.

»Gute Arbeit, mein lieber Luke.«

Er mustert mich mit zusammengekniffenen Augen. »Du solltest besser aufpassen. Ich habe nicht vergessen, dass dein Bruder dich *Ellie Belly* nennt.«

Meine Wangen brennen und ich wechsle das Thema. »Was ist unsere Geschichte?«

Er sieht verwirrt aus, also kläre ich ihn auf.

»Was werden wir den Leuten sagen, wenn sie fragen, wie wir uns kennengelernt haben?«

»Wir haben uns durch Josh kennengelernt«, sagt er, während er beginnt, unser vorgetäuschtes Treffen niedlich zu planen. »Vielleicht warst du für ein Wochenende hier, als er hierhergezogen ist, und wir haben uns getroffen und sind in Kontakt geblieben. Du hast dich vor Kurzem entschieden, hierherzuziehen, weil ich dir einen Antrag gemacht habe.«

Ich schüttle den Kopf. »Mein Ex, Todd, der, wegen dem ich gefeuert wurde, weil wir im Büro gebumst haben ...« Ich unterbreche mich, als er zusammenzuckt.

Warum ist er zusammengezuckt?

Liegt es daran, dass er Mitleid mit meiner Entlassung hat?

Oder vielmehr, dass er nicht daran denken möchte, dass ich mit jemand anderem Sex hatte?

Das Zucken wird definitiv zur Liste der Dinge hinzugefügt, die ich heute Abend überanalysieren werde, wenn ich versuche, einzuschlafen.

»Ja?«, sagt er in einem Ton, der mich zum Weitermachen auffordert.

»Ich habe das Gefühl, dass er ziemlich sauer auf mich ist wegen dem, was passiert ist, und ich würde es ihm zutrauen, diese Geschichte aufzubauschen«, sage ich und versuche, alle Aspekte zu durchdenken. »Wir brauchen etwas Handfesteres.«

»Okay, dann haben wir uns vor etwa einem Jahr durch Josh kennengelernt. Funktioniert dieser Teil?«, fragt er. Ich nicke und er fährt fort. »Wir sind in Kontakt geblieben. Wir haben uns über die Entfernung kennengelernt. Wir hatten beide Gefühle, aber das Timing hat nie gepasst, also waren wir nur gute Freunde. Und dann bist du zur Hochzeit gekommen, wir waren schließlich beide zur gleichen Zeit Single, und innerhalb weniger Tage haben wir gewusst, dass es das Richtige ist, und haben uns verlobt.«

Ich hebe eine Schulter. »Es könnte klappen. Manche Leute werden allerdings nicht an die Insta-Liebe glauben.«

»Insta-Liebe?« Er zieht die Brauen zusammen.

»Als ob wir uns sofort verliebt hätten.«

»Haben wir auch nicht«, sagt er kopfschüttelnd. »Wir sagen, wir haben uns vor einem Jahr kennengelernt. Wir sind in Kontakt geblieben. Wir haben uns beide im Laufe der Zeit ineinander verliebt, und als wir endlich die Chance hatten, zusammen zu sein, haben wir sie ergriffen. Das ist keine Instant-Liebe.«

»*Insta*-Liebe«, korrigiere ich, und er lacht und hält beide Hände hoch.

»Okay, okay. Wie auch immer. Funktioniert die Geschichte für dich?«

Ich nicke langsam, die Lippen aufeinandergepresst. »Ich glaube, es könnte funktionieren.«

»Gut.« Er wirft einen Blick auf die Uhr. »Ich brauche noch eine Stunde in meinem Büro, aber wollen wir danach zu Abend essen?«

»Klar. Und wenn du dir Werbematerial von deinem Agenten ansiehst, solltest du es zuerst mit deiner Publizistin besprechen.« Ich grinse ihn an und er lacht, bevor er den Raum verlässt.

Bevor ich überhaupt die Chance bekomme, mich von dem blinkenden Cursor weiter einschüchtern zu lassen, hämmert jemand gegen die Haustür und verzichtet offensichtlich auf die Klingel.

Luke atmet schwer aus, wendet sich von dem Gang ab, in den er gerade gehen wollte, und steuert stattdessen zur Tür. Er späht hinaus und öffnet sie dann.

»Du bist mit meiner *Schwester verlobt*?« Es ist Josh und er ist sauer.

Ich kichere von meinem Platz in der Küche aus, als mir bewusst wird, wie groß diese Geschichte ist. Ich habe schon früher mit der Presse zusammengearbeitet. Ich weiß, wie schnell sich Nachrichten verbreiten ... ich war nur noch nie das Thema dieser Nachrichten.

Er stürmt in die Küche.

»Hey Josh«, sage ich mit einem breiten Lächeln.

Er starrt mich an. »Kein *Hey Josh*«, sagt er und zeigt mit dem Finger in meine Richtung.

Luke verdreht die Augen. »Würdest du deinem Bruder bitte sagen, dass das alles nur ein Fake ist?«

Ich ziehe die Brauen nach unten. »Was ist alles nur ein Fake?«

»Unsere *Verlobung*«, sagt er und macht Luftgänsefüßchen.

Ich stehe auf und verschränke die Arme vor der Brust. »Was?«, sage ich schroff. »Für dich ist das alles nur ein Fake?«

Seine Kinnlade klappt auf, als er stotternd etwas sagen will, und Josh ist für einen Moment fast schadenfroh.

Ich kann Luke nicht länger beim Stottern zusehen. Ich fange zu lachen an. »Ja, das war nur ein Scherz. Es ist ein Fake.« Ich lasse mich zurück auf meinen Stuhl gleiten.

Josh seufzt. »Warum tust du das?«

Ich bin mir nicht sicher, ob er mich oder Luke fragt, aber Luke beantwortet diese Frage. »Es ist mir einfach so rausgerutscht, als Michelle vorbeikam. Ich sagte, wir seien verlobt, um sie loszuwerden, und deine Schwester hat netterweise mitgespielt. Übrigens kümmert sich Ellie auch um meine PR.«

»Nicki hat erwähnt, dass sie deine Thirst Trap auf Instagram gesehen hat«, murmelt Josh.

»Bin ich der Einzige, der nicht weiß, was eine Thirst Trap ist?«, fragt Luke.

»Ja«, sagen Josh und ich gleichzeitig entschieden.

Luke schnaubt und ich kichere.

»Wer kümmert sich um deine sozialen Medien?«, fragt Luke meinen Bruder.

»Äh, ich?!«, sagt Josh, wobei er seinen Tonfall am Ende so verändert, dass es klingt, als würde er eine Frage stellen. »Ich bin vielleicht nicht das hellste Licht im Hafen, aber ich bin auch kein kompletter Idiot.«

»Anscheinend bin ich das«, sagt Luke. »Hast du noch mehr Thirsty Traps zum Posten?«

»Thirst«, korrigiere ich.

Josh lacht. »Wir fahren in ein paar Stunden zum Flughafen, aber ich konnte nicht für drei Wochen auf die Fidschi-Inseln reisen, ohne das vorher zu klären.«

»Schöne Flitterwochen.« Mein Blick kehrt zu meinem Bildschirm zurück.

»Vergiss nicht, die wirklich enge und kleine Badehose einzupacken, die du mir mal vorgeführt hast«, sagt Luke. »Zeig, was du zu bieten hast, Mann!«

»Schon im Koffer«, scherzt Josh. Dann wird er für eine Sekunde ernst. »Bevor ich mich auf den Weg mache, möchte ich aber noch etwas klarstellen.« Ich höre auf, auf meinen Bildschirm zu schauen, und wende mich wieder meinem Bruder zu. »So, wie ich das sehe, ist keiner von euch bereit, eine Beziehung einzugehen. Ich weiß, dass ihr *es vortäuscht* oder so, aber seid einfach vorsichtig, okay? Ich will nicht, dass das, was auch immer es ist, in Flammen aufgeht, weil du helfen wolltest«, sagt er und zeigt auf mich, »und weil du das ausgenutzt hast.« Er deutet auf Luke.

»Er nutzt es nicht aus«, sage ich. »Ich habe mich freiwillig gemeldet.«

»Nun, das war dumm«, sagt Josh.

»Äh, danke für deine ungefragte Meinung.« Ich schenke ihm ein sarkastisches Lächeln und er grinst zurück.

»Ich mache mir nur Sorgen um euch beide. Hast du daran gedacht, was passiert, wenn Michelle die Wahrheit herausfindet? Wird sie dann nicht noch mehr Munition gegen dich haben, vor allem, wenn sie wirklich dein Kind austrägt?«, fragt er Luke.

»Nur fürs Protokoll, sie hat mir den Beweis geschickt, dass sie wirklich schwanger ist.« Er hält ein Bild von ihr hoch, auf dem sie lächelnd einen positiven Schwangerschaftstest in die Kamera hält. »Und ich habe nicht daran gedacht, dass sie die Wahrheit herausfinden könnte. Ich schätze, wir werden uns damit beschäftigen, wenn es dazu kommen sollte.«

»Dir ist klar, dass es dazu irgendwann kommen *wird*, oder?«, fragt Josh. »Irgendwann lernt jeder von euch jemanden kennen und dann funktioniert dieses Arrangement nicht mehr. Oder jemand wird die Wahrheit herausfinden. Das ist einfach keine gute Idee.«

Wir nicken beide. Gott, wenn Josh nur wüsste, dass Luke und ich in der Nacht seines Junggesellenabschieds Sex hatten. Ich glaube, er würde uns beide umbringen ... nicht, dass es ihn wirklich etwas anginge. Ich weiß, dass er nur aus verschiedenen Gründen auf uns beide aufpasst, und ich weiß, dass er aus Liebe zu uns handelt.

Aber eine Sache, die Josh nicht bedacht hat – eine Sache, über die ich tagelang so ziemlich ununterbrochen nachgedacht habe – ist, ob die Person, mit der ich am Ende zusammenkommen soll ... Luke ist.

Kapitel Drei

Als ich am nächsten Morgen in die Küche komme, steht eine Frau am Herd und rührt etwas in einem Topf und die Küche riecht wie ein verdammter Specktraum.

»Sie müssen Debbie sein«, sage ich und sie dreht sich lächelnd um.

»Und du musst Ellie sein«, sagt sie, wischt sich die Hände an ihrer Schürze ab und geht um den Tresen herum. »Luke hat mir alles über dich erzählt.« Sie beugt sich vor und umarmt mich kurz.

»Hat er?«, frage ich. Was zum Teufel hat er über mich gesagt?

Sie lächelt. »Herzlichen Glückwunsch zu eurer Verlobung. Es scheint so schnell zu gehen, aber Luke ist die Art von Junge, der weiß, was er will. Ich finde es einfach so süß, dass er sich in die kleine Schwester seines besten Freundes verliebt hat. Ist das nicht genau das, woraus Liebesromane gemacht sind?«

Also täuschen wir es sogar dem Hauspersonal vor. Zur Kenntnis genommen.

»Ich bin ein Glückspilz«, sage ich und frage mich immer noch, was genau Luke ihr über mich erzählt hat.

Vielleicht sollte ich das Schlafzimmer wechseln. Wäre es nicht seltsam, wenn sie hier sind und sehen, dass wir nicht zusammen schlafen? Ist das überhaupt etwas, was sie bemerken würden, oder suche ich in Wirklichkeit nur nach Möglichkeiten, mit Hot Luke zu schlafen?

Und ich meine wirklich *schlafen*. Einfach ein Bett teilen.

Zumindest im Moment.

Ich kann nicht umhin, mich zu fragen, welche Insiderinformationen sie über das Rätsel hat, das mein zukünftiger Ehemann ist. Wie lange kocht sie schon für ihn? Wie gut kennt sie ihn?

»Er ist draußen auf dem Laufband«, sagt sie. »Das Frühstück sollte in etwa zehn Minuten fertig sein, wenn du ihm Bescheid sagen willst.«

Ich nicke. »Mach ich. Danke, Debbie. Es ist mir ein Vergnügen, dich kennenzulernen.«

»Mir auch«, sagt sie und zwinkert mir zu.

Ich mache mich auf den Weg zu Luke, knipse noch ein paar Thirst Traps, die mich verdammt durstig machen, und plaudere, während ich arbeite. »Debbie hat mir gratuliert.«

Er presst die Lippen zusammen.

Ich senke meine Stimme. »Täuschen wir, ähm, allen etwas vor?«

»Ich weiß es nicht, Ellie.« Er scheint ein wenig frustriert zu sein. »Ich hasse es, Leute anzulügen.« Er verlangsamt seinen Lauf und bleibt dann stehen. Er steigt vom Laufband und beginnt sich zu dehnen. »Vielleicht haben wir einfach, ich weiß nicht ... eine sehr öffentliche Trennung oder so.«

»Ja«, sage ich leise. »Vielleicht.« Das hoffe ich nicht, vor allem nicht, nachdem ich heute Morgen eine Pressemitteilung herausgegeben habe, in der Luke die volle Verantwortung für das Baby und auch die volle Verantwortung für sein eigenes Glück übernimmt.

Ich gehe wieder hinein, denn Luke ist mürrisch. Vielleicht braucht er nur etwas von Debbies Hausmannskost zur Aufmunterung.

»Nimmt Luke dich morgen Abend mit zum Ball?«, fragt Debbie.

Ball?

Welcher Ball?

Nein, das sage ich nicht. Eigentlich weiß ich gar nicht, *was* ich sagen soll. Ich will gerade eine Nein-Antwort stammeln, als er hereinkommt.

»Debbie hat mich gerade nach dem Ball morgen Abend gefragt«, sage ich zu ihm und meine Augen weiten sich, als wollte ich ihn mit einem Blick fragen, *was für ein Ball das ist und warum du ihn nicht erwähnt hast und ob wir hingehen.*

Offensichtlich sind wir noch nicht an dem Punkt angelangt, an dem er meine nonverbale Kommunikation lesen kann.

»Ich hatte vor, darauf zu verzichten«, sagt er.

»Warum?«, fragt Debbie. »Erwarten sie dich nicht?«

Er nickt. »Ja, aber ich habe keine ...«, er stoppt, als sich seine Augen weiten, und ich bin mir ziemlich sicher, dass er den Satz mit *Begleitung* beenden wollte.

Er ist wirklich *kein* guter Lügner.

»Keinen Smoking«, sagt er zum Schluss. »Mein, äh, Smoking ist nicht sauber.«

»Oh, Luke, das kann ich für dich erledigen«, sagt Debbie.

Luke atmet tief durch. »Du lässt mich nicht aus der Sache raus, oder?«

Sie schenkt ihm ein Grinsen. »Nein.«

Ich stehe da und schaue zwischen den beiden hin und her, ein wenig unsicher, ob ich zugeben soll, dass ich keine Ahnung habe, über welchen Ball sie reden. Und dann füllt Luke die Lücken für mich aus.

»Würdest du mit mir zum siebten jährlichen Wohltätigkeitsball von Beating Hunger in Vegas gehen?«

»Sehr gern«, antworte ich. »Und fürs Protokoll: Das ist eine dieser tollen Gelegenheiten, die man auf seinen sozialen Medien posten kann.«

Und dann flippe ich innerlich ein wenig aus.

Hot Luke hat mich gerade nach einem Date gefragt.

Okay, okay ... er wurde also irgendwie dazu gezwungen, und wir tun nur so, als ob ... aber trotzdem.

Wir gehen zusammen auf einen Wohltätigkeitsball.

Morgen Abend.

Ach, du Scheiße. Ich muss ein Kleid und Schuhe finden und mir überlegen, was zum Teufel ich mit meinem Haar machen soll.

»Soziale Medien?«, fragt Debbie. »Wie Facebook?«

Ich nicke. »Ich habe alles für ihn eingerichtet.«

»Sie macht etwas Öffentlichkeitsarbeit für mich.«

Debbie strahlt, als sie zwischen uns beiden hin und her schaut. »O mein Gott, Luke. Ich *liebe* sie jetzt schon für dich.«

Er lacht, während sich mein Inneres erwärmt. »Ellie, ich weiß, dass der Ball sehr kurzfristig kommt, und das tut mir leid. Aber mach dir keine Sorgen. Wir kriegen das alles schon hin.«

Das sollten wir auch besser. Das ist zumindest alles, was ich dazu zu sagen habe.

Debbie geht nicht lange danach, und meine Fragen beginnen sofort bei einem Frühstück mit Pfannkuchen, Speck und Lucky Charms am Küchentisch statt an der

Theke, wo wir normalerweise unsere Mahlzeiten einnehmen.

Ja, das stimmt. Ich habe eine *Routine* mit Hot Luke.

»Okay, das Wichtigste zuerst«, sage ich. »*Schon wieder* Lucky Charms?«

Er zuckt mit den Schultern. »Gewöhn dich daran! Es ist meine persönliche Obsession.«

»Zur Kenntnis genommen. Zweitens: Debbie denkt, wir sind verlobt. Weiß der Rest deines Hauspersonals davon? Und ist es seltsam, dass wir in getrennten Schlafzimmern schlafen?«

Er blickt zu mir auf. »Ja, darüber habe ich auch schon nachgedacht.« Er sieht auf seinen Teller hinunter. »Wir sollten dich wahrscheinlich erst einmal in mein Zimmer bringen, es sei denn, das ist zu seltsam für dich.«

»Schon gut«, sage ich vielleicht ein bisschen zu schnell. »Und was zum Teufel soll ich morgen Abend auf dem Ball anziehen? Das Brautjungfernkleid, das ich ruiniert habe, als ich in den Pool gefallen bin?«

Er lacht. »Du kannst dir meine Karte ausleihen und damit einkaufen gehen. Kauf dir, was du willst. Kleid, Schuhe, Schmuck. Es ist mir egal.«

Okay ... das klingt nach Spaß.

Nachdem wir das Frühstücksgeschirr abgeräumt haben, fragt Luke: »Sollen wir deine Sachen in mein Zimmer bringen?«

Ich zucke mit den Schultern, obwohl mein Herz bei dem Gedanken, tatsächlich neben diesem Mann zu schlafen, dreimal schneller schlägt. In der Nacht, in der wir Sex hatten, konnte ich nicht einmal das tun, weil er so schnell abgehauen ist. Wenigstens weiß ich jetzt, dass der Grund für die Flucht Pepper war und nicht ich.

Wir schnappen uns jeder eine Ladung Klamotten aus

meinem Zimmer und gehen den Flur hinunter in Richtung der Doppeltüren des Hauptschlafzimmers, und mein Herz rast, als mir klar wird, dass ich zum allerersten Mal sein Schlafzimmer sehe, obwohl ich schon seit vier Tagen hier wohne.

Er öffnet die Türen.

Sein Schlafzimmer ist maskulin. Die Bettwäsche ist anthrazitfarben, die Möbel sind aus dunklem Holz und eine ganze Wand besteht aus einem Puzzle aus Altholz. Es ist die perfekte Kulisse für weitere Thirst Traps. Und obwohl mir die Aussicht aus meinem Schlafzimmer gefällt, sind die Fenster hier viel größer und bieten einen herrlichen Blick auf die Berge und den Las Vegas Strip in der Ferne hinter dem Haus meines Bruders.

Es ist unglaublich.

Es ist sexy.

Es ist luxuriös.

Und für den Moment, auch wenn es nur vorgetäuscht ist, gehört es mir.

Er führt mich durch ein geräumiges Badezimmer und in seinen begehbaren Kleiderschrank, der blitzsauber und größer ist als das Schlafzimmer in der Wohnung, in der ich damals in Chicago gewohnt habe. Seine Kleidung ist hauptsächlich schwarz, weiß und grau, mit ein paar roten Spritzern hier und da, um die Teamfarben der Aces zu repräsentieren, Schwarz und Rot. An einer Wand hängt ein großes, gerahmtes Aces-Trikot mit der Aufschrift DALTON und der Nummer vierundachtzig. Seine Kleidung nimmt nur eine Seite des Schranks ein. Die andere Seite ist völlig leer, fast so, als ob er auf jemanden warten würde ... auf mich.

Er deutet auf einige in der Wand eingebaute Schubladen. »Du kannst deine Sachen in diese Schubladen legen. Sie sind alle leer.«

Ich möchte fragen, warum sie leer sind, aber ich habe das Gefühl, ich kenne die Antwort. Als Savannah ausgezogen ist und dann Michelle, hat er sie einfach nicht wieder gefüllt. Wahrscheinlich hatte er das auch nie nötig. Seine Seite des Schranks wird nur wenig genutzt, also gab es keinen Grund, sein Ordnungssystem zu ändern.

Ähnlich wie im Badezimmer, wo ich auch leere Schubladen vorfinde, die nur auf meine Sachen warten.

Nachdem ich die Schubladen gefüllt habe, werfe ich einen Blick auf das Bett und denke darüber nach, was dort passieren *könnte* und was wahrscheinlich passieren *wird*.

Es ist mir so schon fast zu viel, in seiner Nähe zu sein. Und jetzt wird er jede Nacht nur wenige Zentimeter von mir entfernt im selben Bett schlafen.

Das wird die schönste und schwierigste Situation sein, in der ich mich je befunden habe.

»Fuck«, murmelt er und klickt etwas auf seinem Handy.

»Was?«

Er lässt sich aufs Bett fallen und seufzt, dann hält er mir sein Handy hin. Ich lese die Schlagzeile auf seinem Bildschirm.

Lügt Dalton? Der Ex seiner neuen Verlobten plaudert aus dem Nähkästchen.

Sie stammt aus einem Promi-Klatsch-Vlog, und ich klicke, um mir das Video anzusehen. »Billy Peters mit den neuesten *Celebrity Snaps*!«

Ich ziehe eine Augenbraue hoch und schaue Luke an. »Sieht so aus, als ob jemand denkt, dass Sportler Berühmtheiten sind.«

Er kichert, obwohl das gar nicht lustig ist.

»Eilmeldung, Klatschmäuler«, verkündet der extravagante Moderator auf dem Bildschirm. »Sin City heizt sich auf, und das nicht nur wegen der Sonne. Der Luke-Dalton-

Skandal ist in vollem Gange, und ich bin heute hier, um ihn zu enthüllen.«

Er schnippt mit den Fingern und auf dem Bildschirm erscheint ein Foto von Luke in seinem Footballtrikot. Und *verdammt*, er sieht echt lecker aus.

»Der heiße Football-Star Dalton hat seine Ex geschwängert und sich dann mit einer anderen Frau verlobt. In seiner Pressemitteilung von heute Morgen klingt es so, als wäre er für seine Ex da, während er die Hochzeit mit der Frau, die er liebt, plant – nebenbei bemerkt, *der Schwester seines Mannschaftskameraden* – aber ... seid Ihr bereit für diese Bombe?« Er hält inne und das Bild wechselt zu einem Fisch. »Da riecht was nach schlechtem Fisch.«

Er kehrt zum Gastgeber zurück. »Lukes neue Verlobte hat sich *vor weniger als einer Woche* von ihrem Ex getrennt. Er behauptet, es sei unmöglich, dass sie schon verlobt ist.« Mit seinem Mund formt er ein großes, rundes O. »Jemand lügt! Bleiben Sie dran für alle Neuigkeiten zu dieser pikanten Geschichte.«

Das Video wird unterbrochen und ich blinzle auf den Bildschirm.

Verfluchter Todd.

Ich atme tief aus. »Es tut mir leid«, murmle ich.

»Wofür?«

»Dafür, dass ich überhaupt mit dieser Flitzpiepe ausgegangen bin.«

Luke lacht.

»Wie kann man in einem solchen Moment lachen?«

Er setzt sich auf und hebt eine Schulter. »Flitzpiepe.« Er kichert wieder. »Was können wir sonst tun? Wir können lachen oder uns beklagen. Ich entscheide mich für das Lachen. Und dann können wir handeln, oder?«

Ich nicke und dann kommt mir eine Idee.

Handeln.

Ich atme tief ein, als mir ein Licht aufgeht. Als er es das erste Mal erwähnt hat, war meine erste Reaktion ein klares Nein. Aber jetzt …

Ich hebe eine Schulter. »Vielleicht sollten wir einfach heiraten. Das würde Todd *und* Michelle zum Schweigen bringen.«

Er erstarrt. Dann, wie in Zeitlupe, schaut er zu mir auf. »Was?«

»Lass uns einfach heiraten. Wir sind in *Vegas*. Das ist doch der Ort der Schnellhochzeiten, oder?«

Er verengt seine Augen. »Du warst von der Idee nicht sehr angetan, als ich sie das erste Mal erwähnt habe.«

»Das war ich auch nicht«, gebe ich zu. Ich habe immer geplant, nur einmal im Leben zu heiraten. Als jemand, der voll und ganz an Märchen glaubt, gebe ich zu, dass die Ehe für mich sowohl ernst als auch heilig ist, doch irgendwie scheint es richtig zu sein, dies mit Luke zu tun.

Ich möchte ihm helfen, auch wenn ich ihn erst seit ein paar Tagen kenne. Ich habe diesen Drang, ihn zu beschützen, und ich weiß nicht einmal, warum. Mein Körper kennt seinen Körper, und das ist eine Sprache, die wir beide in dieser einen Nacht fließend beherrscht haben. Mein Herz hat sein Herz kennengelernt.

Ich gehe fest davon aus, dass diese Scheinehe nur ein paar Monate, vielleicht ein Jahr dauern wird. Aber ich bin an einem Punkt in meinem Leben angelangt, an dem ich ein Abenteuer nach dem anderen erlebe, und welches größere Abenteuer könnte ich im Moment eingehen, als mein ganzes Leben der Rolle einer Football-Ehefrau zu widmen? Ich widme diesem Mann bereits einen großen Teil meiner Zeit als seine Public Relations Managerin. Warum also nicht noch einen Schritt – okay, ein paar tausend Schritte – weitergehen?

Schlimmstenfalls kostet es mich vielleicht ein Jahr meines Lebens. Selbst, wenn Luke und ich uns am Ende hassen, wenn wir uns auf ein Jahr einigen, hat er ein so großes Haus, dass wir uns im Grunde aus dem Weg gehen können. Ich könnte in dem verdammten Poolhaus wohnen, wenn es sein muss. Und es gibt eine Menge Potenzial, weil es mir Türen für meine Karriere öffnen könnte. Es könnte mir ein ganz neues Netzwerk von Leuten eröffnen – *Prominente*, zu denen, wie ich jetzt zugeben muss, auch Sportler gehören –, die ich treffen und mit denen ich möglicherweise zusammenarbeiten kann.

»Ich habe nichts anderes zu tun«, sage ich stattdessen und merke, dass ich damit sowohl verzweifelt als auch unglaublich traurig klinge.

Er presst seine Lippen aufeinander. »Es war schwer genug, mich damit abzufinden, dass du zugestimmt hast, meine vorgetäuschte Verlobte zu sein. Aber meine Pseudo-Ehefrau?« Er schüttelt den Kopf und wendet den Blick von mir ab. »Als ich es anfangs gesagt habe, ist es mir einfach so rausgerutscht. Aber ich kann mir einfach nicht vorstellen, noch einmal zu heiraten. Nicht nachdem Savannah mich so zerstört hat.«

Ich nicke, obwohl ich mich ein wenig niedergeschlagen fühle. Er ist derjenige, der es zuerst angesprochen hat. »Okay. Es war eine dumme Idee. Vergiss es!«

Er trommelt mit den Fingern auf den Tisch neben ihm und stößt dann tief Luft aus. »Was, wenn es keine dumme Idee ist? Bin ich bescheuert, wenn ich ernsthaft darüber nachdenke?«

Ich ziehe die Brauen hoch. »Du denkst darüber nach?«

»Josh wird uns beide umbringen.«

»Es geht nicht um meinen Bruder«, sage ich. »Seine Meinung ist mir eigentlich egal. Wenn ich mitmache und du mitmachst, ist das nicht alles, was zählt?«

Er nickt. »Ich weiß nicht, ob ich dabei bin.«

»Okay, wir testen mich also für die nächsten ein oder zwei Wochen als deine PR-Managerin, richtig? Wie wäre es, wenn wir mich auch als deine Verlobte testen?«

Er nickt und legt seine Finger vor den Mund. »Okay, mir gefällt, was du denkst, aber was hast *du* davon?«

»Ich werde mit einem heißen Football-Star verheiratet sein.«

Er lacht und schüttelt bescheiden und mit einem Anflug von Verlegenheit den Kopf. »Ich bin verrückt, dass ich das überhaupt in Betracht ziehe«, haucht er und hält inne. »Du musst schon etwas dafür bekommen. Ich könnte das Doppelte von dem zahlen, was ich dir für meine PR angeboten habe. Und, nichts für ungut, wir bräuchten einen hieb- und stichfesten Ehevertrag. Ich kenne dich nicht gut genug, um die Hälfte von allem, was ich besitze, herzugeben, wenn wir wissen, dass es ein Enddatum gibt.«

Ich tue so, als würden seine Worte nicht einen kleinen Teil von mir töten. Ich weiß genau, worauf ich mich hier einlasse. Ich mache mir keine Illusionen darüber, dass er sich auf magische Weise in mich verlieben wird und wir unser eigenes Märchen auf unserem Weg zu einem glücklichen Leben finden werden.

Auch wenn ein Mädchen noch hoffen und träumen darf.

Kapitel Vier

Luke schaut ESPN, um die Sporthighlights des Tages zu sehen, während ich auf den mobilen Websites einiger lokaler Geschäfte die Auswahl an Kleidern durchstöbere, und dann klickt er auf die aufgezeichneten Sendungen auf seinem Festplattenrecorder und startet ein Footballspiel.

Es sind die Aces gegen die Bears. Ich schaue mit zusammengepressten Lippen zu ihm und er lacht über meinen Gesichtsausdruck.

»Hör zu, Babe! Wenn du mit mir verlobt bist, solltest du besser verstehen, was ich mache.« Er drückt eine Taste auf der Fernbedienung.

Ich atme genervt aus und werfe ihm einen Blick mit hochgezogenen Augenbrauen zu. Ich strecke meine Hand in Richtung des Fernsehers aus, als wolle ich sagen, *na gut, machen wir weiter*.

»Lektion eins«, beginnt er. »Das ist nur ein kurzer Überblick über das Spiel.«

Er fängt an, mir von Quarters und Downs und Yardzahlen und Blitzen zu erzählen, und die Art, wie er so leidenschaftlich spricht, ist sowohl liebenswert als auch unglaublich sexy. Er *liebt* eindeutig das Spiel. Er liebt, was er tut, und als er mir Beispiele für jeden Teil des Spiels, den er erklärt, zeigt, beginne ich es tatsächlich zu verstehen.

All die Male, die Josh und mein Dad versucht haben, mir dieses verdammte Spiel zu erklären, sind absolut gescheitert. Aber nach einer Sitzung mit Luke verstehe ich endlich, was ein First Down ist.

Ich kenne jetzt sogar die kleine Geste, die die Fans mit ihren Armen machen, um ein First Down anzuzeigen.

Ich sehe ihn in seinem Trikot. Ich halte Ausschau nach der Nummer vierundachtzig. Ich sehe, wie er den Ball fängt. Ich sehe ihn *rennen*.

Es ist wirklich verdammt heiß.

Er ist schnell und wendig, und wenn ich ihm bei dem Sport zuschaue, der alles für ihn ist, schält sich eine weitere Schicht seines Wesens heraus. Ich sehe es an der Art und Weise, wie seine Augen den Bildschirm studieren, bevor sie leidenschaftlich aufleuchten, während er mich anschaut, um mir zu erklären, was etwas bedeutet. Ich höre es am Tonfall seiner Stimme, die sowohl aufgeregt ist, wenn er über das Spiel spricht, als auch geduldig, wenn er die wohl rudimentärsten Aspekte erklärt.

Er *liebt* dieses Spiel. Es ist das Wichtigste in seinem Leben.

Ich verstehe, warum er Angst vor dem letzten Jahr seines Vertrags hat. Er weiß nicht, was als Nächstes kommt, weil er nie wirklich darüber nachdenken musste. Er war zu sehr damit beschäftigt, seinen Traum zu leben, um sich über die nächste Etappe Gedanken zu machen, auch wenn sie mit jeder Saison näher rückt.

Aber das ist nicht alles. Er steuert nicht nur auf das Ende seiner Karriere zu ... sondern er tut es auch *allein*. Als er geheiratet hat, hat er sicher nicht damit gerechnet, sich scheiden zu lassen. Niemand geht mit dieser Einstellung in die Ehe – es sei denn, man tut es zum Schein, nehme ich an. Er muss sie in seiner Zukunft gesehen haben, damit er, wenn seine Karriere vorbei ist, jemanden an seiner Seite hat, die ihn in die Lebensphase nach dem Spiel begleitet.

Und vielleicht bin ich deshalb in sein Leben getreten. Vielleicht besteht ein Teil meiner Aufgabe hier nicht nur darin, ihm zu helfen, weiterhin für das Team zu spielen, das er so verdammt liebt. Vielleicht ist es auch meine Aufgabe, ihm dabei zu helfen, herauszufinden, was die nächste Phase seines Lebens sein wird, wenn die Zeit des Übergangs gekommen ist ... denn diese Zeit *wird* kommen, ob er nun bereit dafür ist oder nicht. Er kann nicht *ewig* Football spielen.

Ich kann mir ein Gähnen nicht verkneifen, als die Uhr elf schlägt.

»Tut mir leid«, sagt Luke, dessen Augen immer noch lebhaft das Spiel verfolgen. »Ich langweile dich jetzt.«

Ich lache. »Eigentlich gar nicht. Ich könnte dir ewig zuhören, wie du über Football redest.« Ich merke, wie sehr ich diese Worte meine, als sie aus meinem Mund purzeln. Zu sehen, wie er sich über einen Fang freut, ist etwas Wunderschönes. »Es ist schon spät.«

Er wirft einen Blick auf die Uhr. »Ja. Tut mir leid, ich verquatsche mich, wenn ich über das Spiel rede. Bist du bereit, ins Bett zu gehen?«

Ich nicke. Es ist unsere erste Nacht, in der wir ein Bett teilen, und dieser Gedanke ist ein wenig entmutigend. »Ich glaube, ich gehe nach oben.«

»Mach du nur«, sagt er. »Ich schaue nur noch ein wenig Film.«

»Film?«, frage ich.

Er kichert. »So nennen wir es eben. Ein älteres Wort, Überbleibsel aus einer anderen Zeit. Ich werde mir dieses Spiel noch ein wenig weiter ansehen und es studieren. Ich werde mir ansehen, was ich gemacht habe, was ich hätte anders machen können, was die Spieler um mich herum und auf der anderen Seite des Balls gemacht haben, und so weiter.«

»Okay«, sage ich und verspüre diesen seltsamen und völlig natürlichen Drang, mich zu ihm zu beugen und ihm einen Gutenachtkuss zu geben. Aber ich tue es nicht. Ich halte mich irgendwie zurück. »Viel Spaß beim Ansehen deines Films.«

Sein Lachen folgt mir aus dem Zimmer und ich bin irgendwie froh, dass ich heute Abend als Erste ins Bett gehe. So kann ich so tun, als ob ich schlafe, wenn er hereinkommt, denn ich weiß genau, dass ich zu nervös sein werde, um wirklich einzuschlafen, da ich einfach daliegen werde und auf ihn warte.

Ich mache mich bettfertig und stehe dann vor der Matratze, als mir klar wird, dass wir uns nicht für eine *Seite* entschieden haben, als wir über dieses Arrangement gesprochen haben. Ich nehme an, dass er die Seite haben will, an der die Uhr steht, also gehe ich auf die andere Seite. Ich benutze keine Nachttischuhr, da ich mit meinem Handy neben mir schlafe. Vielleicht ist er mit dieser ganzen Uhrensache eher altmodisch. Ich knipse das Licht aus und lasse mich ins Bett fallen.

Es ist verdammt luxuriös. Die Laken müssen eine Fadenzahl von einer Milliarde haben und die Matratze ist fest und kühl.

Seine Laken riechen nach ihm und plötzlich bin ich unglaublich geil, weil ich im Bett des Mannes liege, in den ich *so* verknallt bin.

Okay, vielleicht nicht *plötzlich*, aber ihn zu riechen, während sich die kühlen Laken über meinen Körper legen, lässt das Verlangen zwischen meinen Schenkeln nach ihm wüten.

Ich bin gerade dabei, meine Finger in mein Höschen zu stecken, um ein winziges bisschen Erleichterung zu empfinden, als sich die Schlafzimmertür öffnet.

Er ist still, als er die Tür hinter sich schließt und sich in den dunklen Raum zurückzieht. Er benutzt die Taschenlampe seines Handys, um sich im Raum zu bewegen, und ich liege so still wie möglich da, meine Hand ruht direkt unter dem Gummiband meines Slips.

Er verschwindet im Bad, und ich ziehe meine Finger heraus, bevor ich erwischt werde.

Das war knapp.

Ich sollte wahrscheinlich nicht einmal in Erwägung ziehen, mich in einem fremden Bett zu befummeln.

Aber er ... macht das einfach mit mir. Er bringt mich dazu, schlechte Entscheidungen treffen zu wollen.

Er ist nur ein paar Minuten im Bad, bevor er herauskommt und sich leise neben mich ins Bett legt. Ich zwinge mich dazu, gleichmäßig zu atmen, weil ich nicht weiß, was ich ihm sagen soll. Wir teilen uns ein Bett. Das ist alles nur gespielt. Meine massive Verliebtheit in ihn scheint mit jeder Millisekunde exponentiell größer zu werden, aber das ist egal, denn er hat mich bereits abgeschrieben.

Ich bin mir sicher, er denkt, ich schlafe tief und fest.

Und dann flüstert er in die Dunkelheit. »Süße Träume, sexy Ellie.«

Oh, das ist einfach großartig!

Eine weitere Sache, die mein überaktives Gehirn überanalysieren muss.

Irgendwann muss ich eingeschlafen sein, denn als ich meine Augen am hellen Morgen öffne, ist Luke nicht im Bett. Offensichtlich ist er ein früher Vogel und hat bereits den Wurm gefangen.

Sobald ich auf mein Handy schaue, sehe ich, dass ich verschlafen habe … und ich habe einen verpassten Anruf und eine Sprachnachricht von meiner Mutter.

Es ist bereits neun Uhr – später als sonst, aber ich war noch ziemlich lange wach und habe versucht herauszufinden, warum er mich sexy Ellie nennt, wenn er so deutlich gemacht hat, dass er nicht mit mir zusammen sein will. Was für ein verwirrender Typ.

Ich atme tief durch, als ich mich zur Sprachnachricht meiner Mom durchklicke. Darauf freue ich mich schon jetzt nicht.

»Ellie Marie Nolan, wie in aller Welt konntest du dich *verloben* und es nicht einmal deiner Mutter sagen? Was ist los mit dir? Wie gut kennst du diesen Kerl überhaupt? Du bist doch erst seit ein paar Tagen da. Bist du verrückt? Bist du schwanger? Ist es von Todd? Werde ich etwa Großmutter? Ruf mich an!«

Sie ist sehr anstrengend.

Und ich bin weder koffeinhaltig noch betrunken genug, um eine ihrer Fragen zu beantworten. Nicht eine der fünfzehntausend Fragen.

Stattdessen nehme ich eine Dusche und gehe runter zum Frühstück. Ich habe zu lange geschlafen, um die Morgenshow, besser bekannt als *Hot Luke's Workout*, zu sehen, aber er kommt gerade von der Terrasse herein, ein Handtuch um den Hals und seine Haut glänzt vor Schweiß. Sein Haar ist nass, sein Gesicht gerötet und seine Bauchmuskeln rufen förmlich meinen Namen, aber anscheinend ist es mir nicht erlaubt, diesem Ruf zu folgen.

»Meine, äh, Mom hat angerufen«, sage ich und versuche mein Bestes, mich nicht von diesen Bauchmuskeln ablenken zu lassen. Ich versuche, nicht einmal an sie zu denken, aber es ist unmöglich. Je mehr ich mich bemühe, es nicht zu tun, desto mehr kann ich nur noch an sie denken. Mein Blick geht von selbst nach unten, und als er wieder nach oben wandert und Lukes Blick trifft, sind seine Augen ein wenig erhitzt … und das liegt nicht am Training. Zumindest glaube ich nicht, dass das der Grund ist. Aber ich habe mich in diesen Dingen schon öfter geirrt. »Es scheint, sie hat unsere Neuigkeiten gesehen. Verschweigen wir unseren Familien die Lüge – abgesehen von Josh, da er es bereits weiß – oder erfahren sie die Wahrheit?«

Luke seufzt und wendet den Blick von mir ab, bevor er antwortet. »Ich werde es meiner Familie nicht sagen, aber ich werde dir auch nicht sagen, was du mit deiner Familie machen sollst.«

Ich nicke. »Okay. Darf ich fragen, warum?«

»Mein Bruder wird direkt zur Presse gehen und unsere ganze Tarnung auffliegen lassen.« Er wendet seinen Blick von mir ab, als wolle er seine wahren Gefühle darüber verbergen.

Wir kennen uns zwar noch nicht lange, aber ich *werde* einen Weg finden, ihn dazu zu bringen, sich zu öffnen. Er muss seine Gefühle nicht vor mir verbergen.

»Hast du noch weitere Geschwister?«, frage ich.

Pepper geht mit einem Ball im Mund zu Luke und lässt ihn vor seine Füße fallen. Er wirft ihn ins Wohnzimmer und sie rennt los, um ihn zu holen. »Ja, eine Schwester, Kaylee.

Sie ist noch auf dem College. Sie war eine Überraschung und kam zehn Jahre nach mir dazu.«

»Stehst du deinen Geschwistern nahe?«

Er hebt eine Schulter. »Nicht wirklich. Ich sehe sie eigentlich nur auf unserem jährlichen Familienausflug.«

»Wie das?«

»Wir sehen uns nicht an den traditionellen Feiertagen, weil mein Bruder und ich es nicht schaffen. Ich spreche mit meinen Eltern vielleicht einmal alle drei oder vier Monate. Jack und ich schicken uns gelegentlich eine footballbezogene Nachricht. Kaylee schreibt mir ein paar Mal pro Woche.« Er zuckt lässig mit den Schultern, als wäre es keine große Sache, dass er seiner Familie nicht nahesteht, obwohl mir das völlig fremd ist.

»Ist das schwer?«, frage ich und gehe auf den Kühlschrank zu.

»So ist es tatsächlich einfacher.« Er belässt es dabei und ich dränge ihn nicht weiter, obwohl ich es unbedingt möchte.

Ich schaue in den Kühlschrank und finde ein paar kleine Eiermuffins, die Debbie dagelassen hat. Ich nehme zwei davon und lege sie auf einen Teller. »Der jährliche Familienausflug hört sich gut an.«

»Es ist gut.« Er nickt zu meinen Eiermuffins. »Kannst du mir zwei davon geben?« Pepper kehrt zurück und er wirft den Ball noch einmal, während ich zwei weitere Eiermuffins auf dem Teller anrichte. Dann geht er zur Speisekammer und schnappt sich die Schachtel mit den Lucky Charms. »Es ist immer schön, mitten im Sommer der Hitze in Vegas zu entkommen.«

Ich will gerade nach dem Wetter fragen, als mir klar wird, dass Luke es genau auf diese Weise schafft, seine Privatsphäre zu wahren, und ich seit einer Woche bei ihm wohne und bis jetzt nicht viel über ihn weiß. Er spricht

Themen an, die wir in unserem Gespräch erkunden können, die nichts mit ihm zu tun haben. Ich kann später nach dem Wetter schauen.

Was ich nicht nachschlagen kann, ist Luke Dalton.

Obwohl die Thirst Traps funktioniert haben. Sein Instagram-Konto wächst schnell, und ich kann sagen, dass seine Fans mehr wollen.

Auch wenn ein winziger Teil von mir ihn ganz für sich behalten möchte.

Dafür bezahlt er mich jedoch nicht.

»Wohin unternehmt ihr eure Familienausflüge?«, frage ich, nachdem ich den Teller in die Mikrowelle gestellt habe.

»Wir suchen immer einen anderen Ort aus und wechseln uns ab, wer den Ort auswählt. Letztes Jahr hat mein Bruder Neuseeland gewählt.«

»Oh, wow. Wie war's?« Ich hole einen weiteren Teller und ein paar Gabeln.

»Es hätte toll sein sollen, aber Michelle war da.« Er gießt sich eine Schüssel Frühstücksflocken ein und hält sie mir hin, als wolle er mich fragen, ob ich etwas davon haben möchte. Ich schüttle den Kopf und dann murmelt er: »Sie hat es geschafft, einen Weg zu finden, es miserabel zu machen.«

»Was ist mit diesem Jahr?«

»Kaylee hat Hawaii gewählt.«

»Mm«, murmle ich. »Das klingt gut. Was war deine Wahl?«

»Vor zwei Jahren haben wir eine Alaska-Kreuzfahrt gemacht.« Er holt Saft aus dem Kühlschrank und hält ihn mir hin. »Willst du welchen?«

Ich nicke. »Wie war das?«

»Gleiche Antwort wie Neuseeland.« Er füllt zwei Gläser, während er spricht. »Meine Familie mochte sie nicht, also wurde es keine sehr familiengerechte Reise, was ja eigentlich der Sinn der Sache ist.«

Die Mikrowelle piept und ich nehme die Muffins heraus, lege zwei für mich auf einen Teller und treffe Luke auf der anderen Seite des Tresens. »Ich wette, du freust dich dieses Jahr auf Hawaii ohne Michelle und nur mit deiner Familie«, überlege ich.

Seine Antwort schockiert mich.

Das Wort Schock ist nicht stark genug.

Ich bin absolut von den Socken.

»Nur meine Familie und meine Verlobte.«

Mir fällt die Kinnlade herunter und ich kann keine Worte mehr finden.

»Ja.« Er nickt und lacht ein wenig, als er mich mit dem Ellbogen anstößt. »Das bist du.«

»Du willst, dass *ich* Ende des Monats mit dir auf deinen *Familienausflug* nach *Hawaii* komme?« Das ist sein Familienausflug. Der, den er jedes Jahr macht. Die einzige Gelegenheit, seine Familie jedes Jahr zu sehen.

Und er will, dass ich mitkomme? Warum? Um den Schwindel aufrechtzuerhalten?

Er zieht die Brauen hoch, presst die Lippen zusammen und nickt. »Das fasst unser Gespräch in etwa zusammen. Es geht alles auf mich, wenn du mitkommen willst. Wir hätten bestimmt eine schöne Kulisse für deine Hungry Traps.«

»Thirst Traps«, murmle ich, aber bietet er mir wirklich eine kostenlose Reise nach Hawaii an, wo ich tagelang mit *seiner ganzen Familie* verbringen werde? Ich bin verblüfft. Und ich bin nervös. Ich weiß absolut nichts über seine Familie, außer dass er und sein Bruder eine intensive Geschwisterrivalität haben.

»Ist das ein Ja?«, fragt er.

»O mein Gott, Luke!« Ich schlinge meine Arme um

seinen Hals und drücke ihm einen Kuss auf den Mund, ohne auch nur zweimal darüber nachzudenken. Er ist heiß und verschwitzt, aber das ist mir völlig egal. Ich bin an Luke Dalton gepresst und genau dort möchte ich sein. Er drückt seine Finger für einen kurzen Moment an meine Hüften, als wolle er der Anziehungskraft zwischen uns beiden nachgeben ... aber dann weicht er zurück. Er lacht und meine Wangen brennen. »Ja, das ist ein Ja!«

Das sind die einzigen Worte, die mir einfallen, nachdem ich mich gerade komplett blamiert habe, indem ich ihn geküsst habe, aber ich versuche so zu tun, als wäre es ein Dankeskuss gewesen.

Das wirft allerdings die Frage auf, was ich als Dankeschön tun werde, wenn er mich tatsächlich auf die Reise mitnimmt. Es gibt nicht viel, was nicht auf dieser Liste stehen würde, wie man sich vielleicht denken kann.

»Hast du Champagner?«, frage ich, nachdem wir uns gesetzt und mit dem Essen begonnen haben.

»Um deine bevorstehende Reise nach Hawaii zu feiern?«

Ich schüttle den Kopf. »Mimosas sind eines der wenigen akzeptablen Frühstücksgetränke, und ich brauche eine Kleinigkeit, bevor ich meine Mutter zurückrufe.«

Er lacht. »Ist sie wirklich so schlimm?« Er steht auf und geht zu einem der unteren Schränke neben dem Kühlschrank. Er öffnet die Schranktür und bringt einen Weinkühler zum Vorschein. Er schnappt sich eine Flasche, lässt den Korken knallen und reicht sie mir.

»Danke«, sage ich. »Beeindruckender kleiner Weinkühlschrank.«

Er lacht. »Es ist eigentlich ein *Weinkühler* und ein komplettes Getränkecenter.«

»Trinkst du viel Wein?«

Er schüttelt den Kopf. »So gut wie nie. Bier oder

Whiskey für mich. Aber ich bewahre einen Vorrat davon zur Unterhaltung auf. Und jetzt erzähl mir von deiner Mom.«

Die Bemerkung mit der *Unterhaltung* habe ich überhört, obwohl ich wissen möchte, ob es bedeutet, dass er große Partys feiert oder verschiedene *Frauen* unterhält. Ich hoffe, es ist nicht eine Vielzahl von Frauen ... aber ich erinnere mich auch daran, dass mein Bruder am Abend des Junggesellenabschieds hart daran gearbeitet hat, ihn dazu zu bringen, Sex zu haben, also vielleicht keine kürzlichen Eroberungen. Zumindest hoffe ich das nicht.

Ich schiebe diese Gedanken beiseite und atme tief durch, als ich an meine Mutter denke. Sie ist zu gleichen Teilen kritisch und liebevoll, gemischt mit ein wenig altmodisch.

»Sie ist eine Nervensäge. Normalerweise meint sie es gut, aber sagen wir einfach, Josh ist ihr Liebling und ich bin die Enttäuschung.«

»Das bezweifle ich«, sagt er leise und dann schüttet er auch etwas Champagner in seinen Orangensaft.

»Sie lässt ihm alles durchgehen. Als Todd mit mir Schluss gemacht hat, waren ihre ersten Worte, dass sie noch länger auf Enkelkinder warten muss, obwohl ihr Sohn ein paar Tage später heiraten wird. Kann er keine Enkelkinder zeugen?« Ich sage es leichthin, weil sie eben so ist. Ich bin davon nicht verletzt oder gezeichnet, und wenn überhaupt, ist es ein großer Witz zwischen meinem Bruder und mir – etwas, das uns im Laufe der Jahre näher zusammengebracht hat, wenn auch nur, weil wir darüber lachen.

»Falls es dich beruhigt: Mein Bruder ist der Liebling meines Vaters und meine Schwester ist der Liebling meiner Mutter. Ich bin auf einer einsamen Insel«, sagt er. Er wirft mir ein Grinsen zu und wir gehen nicht weiter darauf ein, obwohl ich wissen möchte, warum er sich hinter dem Grinsen versteckt.

Nach dem Frühstück rufe ich endlich meine Mutter an – auch wenn der Champagner bei Weitem nicht stark genug war.

Und ich lüge nach Strich und Faden – dieselbe verdammte Lüge, die wir allen erzählen werden.

Sie kauft es mir ab.

Das könnte einfacher werden, als wir denken.

Kapitel Fünf

Ich starre mich im Spiegel an.

Ich habe das perfekte Kleid genau drei Minuten, nachdem ich das erste Geschäft betreten habe, gefunden, und sie hatten auch Schuhe und Schmuck, die als perfekte Accessoires fungieren. Das Kleid passt, als wäre es für mich gemacht. Sein Smoking ist schwarz, also hatte ich eine ziemlich breite Farbpalette zur Auswahl. Ich habe mich für ein wunderschönes Lila entschieden, das meine Haut zum Strahlen bringt. Ich habe eine Stunde gebraucht, um mein Haar in lockere Wellen zu legen, die mir über die Schultern fallen, und ich habe extra viel Zeit damit verbracht, mein Make-up zu perfektionieren. Ich fühle mich wie ein anderer Mensch.

Ich fühle mich wie die zukünftige Frau eines Footballspielers.

Ich schaue auf die Uhr und sehe, dass ich offiziell keine Zeit mehr habe. Luke wollte spätestens um sechs Uhr fünfundvierzig gehen, und so habe ich noch zwei Minuten, um nach unten zu gelangen, wo er bestimmt schon auf mich wartet.

Ich bewege mich auf das obere Ende der Treppe zu und beginne meinen Abstieg, der mit diesen hohen Absätzen ein wenig langsamer vonstattengeht. Ich werde mich daran gewöhnen – hoffe ich. Ich denke an die Ereignisse bei der Hochzeit zurück.

Gott, bitte lass mich heute Abend nicht in irgendwelche Pools fallen.

Als ich die Küche betrete, blickt Luke auf und unsere Blicke treffen sich.

Mein Herz rast.

Seine dunklen Augen schweifen über meinen ganzen Körper, und ich halte mich am Tresen fest, weil ich das Gefühl habe, dass mir beim Anblick von Hot Luke in seinem heißen Smoking die Knie weich werden könnten.

Er sieht fast genauso aus wie auf der Hochzeit meines Bruders vor weniger als einer Woche, nur in einem anderen Smoking, aber gleichzeitig ... sieht er für mich völlig anders aus.

Er sieht aus wie ein Mann, in den ich mich möglicherweise verlieben könnte. Ein Mann, in den ich *mich* verliebe. Mit jeder Sekunde, die wir zusammen verbringen, gehört ihm ein weiteres kleines Stück von mir.

Und ich fürchte, je mehr Zeit ich mit ihm verbringe, desto tiefer werde ich fallen. Und was dann? Was passiert, wenn ich mit dem Fallen fertig bin und ich schon da bin ... er aber nicht?

Ich verdränge den Gedanken.

Ich muss es tun. Ich kann nicht in eine Nacht wie heute gehen und die Rolle spielen, während mich diese Gedanken plagen. Aber es ist immer noch eine sehr reale und sehr beängstigende Sorge.

»Wow«, sagt er leise und macht einen Schritt auf mich zu. Er greift um meine Taille und zieht mich an sich. Ich greife nach seinem Bizeps. Er ist hart und verdammt groß und ich muss mich festhalten, sonst könnte ich umfallen. »Du siehst wunderschön aus.«

Mein Herz hämmert und mein Magen dreht sich um, weil ich ihm so nahe bin. Ich atme das gleiche Parfüm ein, das er bei der Hochzeit getragen hat – etwas, das er nicht jeden Tag trägt, sondern nur zu besonderen Anlässen. Es ist ein kleiner Einblick in sein Wesen und es macht Lust auf *mehr*. Ich will *alles* über diesen Mann wissen. Was er mag, was er nicht mag, wie er tickt, was ihn zum Lächeln bringt.

Was ihn zum Stöhnen bringt.

Und vielleicht bekomme ich diese Chance.

Es fühlt sich auf jeden Fall so an, als könnte ich es, wenn ich ihm so nahe bin.

Ich schließe meine Augen und atme ihn ein.

Er drückt mir einen sanften Kuss auf die Wange, die dunklen Stoppeln an seinem Kinn kratzen mein Gesicht und zwingen die Erinnerungen an unsere einzige gemeinsame Nacht an die Oberfläche meines Geistes. Ich will, dass er mich küsst. Ich will seinen Mund auf meinem. Ich will, dass er wieder alles von mir will.

»Unser Wagen wartet draußen«, sagt Luke und durchbricht damit die intime Trance, in der wir uns befinden.

Ich folge ihm zur Haustür und er fragt: »Ist Lila deine Lieblingsfarbe?«

»Ja«, murmle ich.

»Steht dir gut«, sagt er leise und schließt dann die Vordertür ab, bevor er mir auf den Rücksitz hilft und auf der anderen Seite einsteigt. Sobald er die Tür schließt, treffen sich seine Augen mit meinen, und es wird ein wenig heiß zwischen uns, bevor er den Blick abwendet.

Er ist nicht in der richtigen Position, um eine Beziehung einzugehen, und schon gar nicht mit jemandem, der ein märchenhaftes Ende will. Ich muss mir das immer wieder ins Gedächtnis rufen ... aber wenn er mich so ansieht, wie er es gerade getan hat, muss ich mich fragen, *warum*.

Auf dem Weg zur Veranstaltung schweigen wir im Auto – oder besser gesagt, *er* schweigt und ich überlege die ganze Fahrt über, was ich sagen soll. Schließlich breche ich das Schweigen mit einer Frage. »Wird einer deiner Mannschaftskameraden dort sein?«

Er zuckt mit den Schultern. »Ja, es werden wahrscheinlich mindestens ein paar Leute da sein. Bei jeder Großveranstaltung wie dieser sind immer lokale Prominente dabei. Ich hatte nicht vor, hinzugehen, also habe ich mich nicht umgehört.«

»Wir hätten ein paar Fotos an deinem Pool machen sollen, bevor wir gegangen sind«, überlege ich. Noch mehr Thirst Traps mit diesem Kerl im Smoking. »Also, falls du bereit bist, mich als deine Verlobte zu enthüllen.«

»Ich glaube, die Frage, ob ich dazu bereit bin, haben wir schon hinter uns«, sagt er trocken.

Zwanzig Minuten später fahren wir vor dem Veranstaltungsort vor und der Fahrer lässt uns aussteigen. Andere Paare, die wie wir gekleidet sind, steigen aus ähnlichen Autos mit Chauffeur aus und gehen durch die Türen, vermutlich zu derselben Veranstaltung, zu der wir gerade gehen.

Ich fühle mich fehl am Platz, sobald wir den Raum betreten, nachdem wir uns angemeldet und unsere Tischnummer erhalten haben. Mein Arm ist fest mit seinem verankert, und das scheint das Einzige zu sein, was mich im Moment aufrecht hält.

Ich erkenne Gesichter, die ich schon einmal gesehen habe, fast überall, wohin ich schaue. Hier ein Schauspieler.

Ein Fernsehmoderator dort. Ein berühmter Sänger hier. Ein Model dort. Einige scheinen Luke zu kennen, freundliche Grüße und Kopfnicken gehen hin und her, und ich fühle mich noch mehr fehl am Platz.

Ich umklammere Lukes Arm etwas fester und habe fast das Gefühl, dass er sich auch etwas fester an mich klammert. Das muss meine Einbildung sein.

Ich bin ein ganz normales Mädchen, eine PR-Managerin aus Chicago, und plötzlich stehe ich am Arm eines sehr gut aussehenden Mannes als seine Verlobte auf einer schicken Abendveranstaltung, bei der das Menü ein paar Hundert Dollar kostet. Vielleicht sogar tausend. Ich habe mich nicht getraut, zu fragen, und werde es auch nicht tun.

Aber die ganze Veranstaltung dient dazu, Geld zu sammeln, daher bin ich sicher, dass es nicht billig ist.

»Du hast also für zwei Abendessen bezahlt und wolltest einfach nicht auftauchen?«, frage ich leise, während ich mich in dem stilvollen Raum und den eleganten Leuten, die sich dort bewegen, umschaue.

Er hebt eine Schulter. »Ich habe es als Spende abgeschrieben.«

Ich schaue zu ihm und er sieht steif aus. Unbehaglich.

Auch er ist nicht in seinem Element.

»Geht es dir gut?«, frage ich.

Er zupft an seinem Kragen und räuspert sich. »Diese Veranstaltungen sind nicht mein Ding. Savannah hat mich gezwungen, mit ihr auf die erste zu gehen, weil sie sich gern mit den Reichen und Berühmten herumtreibt.«

»Bist du jedes Jahr gekommen?«

Er nickt, als wir in einer kurzen Schlange vor einer Bar stehen bleiben. »Das war eigentlich die erste, die ich verpassen wollte.« Er blickt zu mir hinunter und ich versuche, herauszufinden, was in seinem Blick steckt. Ich kenne ihn noch nicht gut genug, um ihn zu deuten.

»Ich bin froh, dass wir gekommen sind«, sage ich leise.

Eine Seite seines Mundes verzieht sich zu einem Lächeln, und dann sind wir mit dem Bestellen dran. Er entscheidet sich für Bier und ich bestelle Wein. Wir halten es einfach, und ich spüre, wie sich eine Idee herausbildet, als ich sehe, wie er wieder an seinem Kragen zupft.

Ich möchte, dass Luke mehr für die Gemeinschaft tut, aber ich möchte ihn in einem Umfeld haben, in dem er sich wohlfühlt. Die Idee ist noch nicht ganz ausgereift. Der Schneefall hat gerade erst begonnen, aber ich habe das Gefühl, dass sich daraus etwas entwickelt, das einem Schneemann ähnelt.

»Dalton!«, sagt eine tiefe Stimme hinter uns.

Wir drehen uns beide um und ich sehe jemanden, der mir bekannt vorkommt. Ich glaube, er könnte einer der Trauzeugen bei der Hochzeit meines Bruders gewesen sein, aber seien wir ehrlich, ich hatte so eine Art Tunnelblick für Luke, also kann ich mir da nicht ganz sicher sein.

»Fletcher!«, sagt Luke im gleichen Tonfall. »Ich wusste nicht, dass du hier bist.«

»Und doch bin ich hier.« Er schenkt Luke ein Lächeln, dann wandert sein Blick zu mir.

»Das ist Ellie«, sagt Luke. »Ellie, das ist Brandon Fletcher.«

»Schön, dich kennenzulernen«, sage ich und strecke meine Hand aus, und er sieht mich an, als wären wir uns schon einmal begegnet.

»Du bist Nolans Schwester«, sagt er und ich nicke.

»Und meine zukünftige Frau«, fügt Luke hinzu.

Brandons Augenbrauen schießen in die Höhe. »Deine

zukünftige Frau?« Er verbirgt seinen Schock nicht zu meinen Gunsten. »Ich wusste nicht einmal, dass du seit der Katastrophe mit Michelle mit jemandem zusammen bist.«

Luke zuckt mit den Schultern. »Wir kennen uns schon eine Weile, aber der Zeitpunkt war einfach nie richtig.« Er sieht mich an und verdammt, er ist ein guter Schauspieler, denn zum Teufel, wenn ich nicht die ganze Bewunderung in seinen Augen sehe, die ich von ihm erwarten würde, wenn er seine Verlobte ansieht. »Und dann kam er und jetzt sind wir hier.«

»Herzlichen Glückwunsch, Mann«, sagt Brandon und klopft ihm auf die Schulter.

Luke presst seine Lippen zu einem *dankbaren* Lächeln zusammen.

»Wann ist die Hochzeit?«

Luke und ich tauschen einen Blick aus und ich wehre diese Frage ab. »Wir haben uns gerade verlobt, also hatten wir noch keine Zeit, etwas zu planen.«

»Aber vor dem Camp, oder? Ich würde gern auf deine Kosten einen draufmachen.« Brandon lacht schallend und ich schließe daraus, dass er auch für die Aces spielt.

Luke zuckt nur lässig mit den Schultern. »Wir haben noch keine Entscheidung getroffen.« Das kommt der Wahrheit am nächsten und ist gleichzeitig der einfachste Weg, sich nicht auf irgendetwas festlegen zu müssen.

Eine wunderschöne Frau mit wirklich großen Brüsten schlendert neben Brandon her. Sie hängt sich praktisch an ihn und beweist damit, dass sie mit ihm hier ist und er mit ihr nach Hause geht.

Okay, Süße, wir haben es verstanden. Er ist dein Mann.

»Das ist Lauren«, sagt er und nickt der Frau zu, ohne sie wirklich anzuschauen oder sie zu würdigen. »Mein Date«, fügt er hinzu, und die Art und Weise, wie er das sagt, verrät mir, dass sie viel mehr an dem interessiert ist, was zwischen den beiden vor sich geht, als er selbst.

Wir warten darauf, dass sie ihre Getränke bestellen, und währenddessen erzählt mir Luke leise, dass Brandon der Quarterback der Aces ist.

Ich hätte das wahrscheinlich wissen müssen, wenn man bedenkt, dass mein Bruder für die Mannschaft spielt und mein zukünftiger Ehemann auch, und ich habe mir sogar *Filme* mit Luke angesehen ... aber ich wusste es nicht.

Nachdem sie ihre Getränke bekommen haben, mischen wir uns unter die Leute. Wir treffen einen der Defense-Trainer und einige andere Leute, die er kennt, und Luke stellt mich allen als seine *zukünftige Frau* vor.

Ich denke, damit ist es ziemlich offiziell.

Und dann treffen wir auf einen älteren Mann, der aussieht, als würde er vor Geld strotzen.

»Mr. Dalton«, sagt er. Er wirft mir einen Seitenblick zu, und Luke wirkt plötzlich nervös – ein ganz anderer Blick, als ich ihn von dem selbstbewussten Mann gewohnt bin, den ich mittlerweile kennengelernt habe.

»Mr. Bennett«, sagt er und dreht sich zu mir um. »Das ist Ellie Nolan. Ellie, das ist Mr. Calvin Bennett, der Besitzer der Vegas Aces.«

Okay, jetzt verstehe ich es. Er ist nervös, weil er sich Sorgen um seine Zukunft bei den Aces macht. Er hat Angst, dass die jüngeren Spieler ihn ersetzen werden, und der Besitzer ist derjenige, der bei all dem das letzte Wort hat. Er ist im Grunde der oberste Chef in seiner Firma ... wenn man die Fans nicht mitzählt.

»Mr. Bennett, schön, Sie kennenzulernen«, sage ich und reiche ihm die Hand, um seine zu schütteln.

Er nickt. »Du bist die Schwester von Josh Nolan und Lukes Verlobte«, sagt er. Ja, das ist mir bewusst, danke. Ich bin mir nicht sicher, worauf er damit hinaus will, bis er seinen nächsten Satz sagt. »Du bist mit mehr als einem meiner Männer verbunden.«

Ich schenke ihm mein herzlichstes Lächeln und Luke wird blass. Ich greife nach Lukes Hand und drücke sie solidarisch. »Das bin ich. Und ich liebe sie beide so sehr.« Ich lächle ihn an. »Auf ganz unterschiedliche Weise natürlich.«

Ich schaue zu Luke, der aussieht, als wäre er am liebsten überall, nur nicht hier, und dann werden Calvins lächelnde Augen ein wenig ernst, als sie zu meinem zukünftigen Ehemann wandern. »Luke, wir müssen reden. Ich erwarte dich am Montagmorgen in meinem Büro, und ich erwarte, dass die Presse bis dahin erledigt ist. Vergiss nicht, wo deine Prioritäten liegen.«

Luke nickt. »Ja, Sir. Sie wissen, was meine oberste Priorität ist.«

Calvin wirft ihm einen langen Blick zu, und für einen Moment glaube ich fast, dass er noch etwas sagen will. Vielleicht etwas darüber, dass die Familie für ihn oberste Priorität haben sollte ... dass Football natürlich wichtig ist, aber dass, solange er in Bezug auf das Spiel einen klaren Kopf behält, vielleicht auch andere Dinge – vor allem in der Nebensaison – in seinem Leben Priorität haben können.

Das haben sie übrigens nicht, und ich kann mich des Eindrucks nicht erwehren, dass vielleicht auch das ein Grund dafür ist, dass er in den letzten Jahren zwei gescheiterte Beziehungen hatte. Zusätzlich zu der Tatsache, dass die Frauen, die er sich ausgesucht hat, Albträume waren.

Aber Calvin sagt nichts davon. Stattdessen nickt er einfach und geht zu einem anderen Gespräch über, und

Luke atmet mit einem gemurmelten Fluch aus, während er mich zu unserem Tisch führt.

»Worüber will er mit dir sprechen?«, frage ich. »Die Schlagzeile mit dem Baby?« Ich kann mir nicht vorstellen, warum ihn das wirklich interessieren sollte. Ich bin mir sicher, dass Footballspieler weitaus Schlimmeres getan haben, als eine Frau zu schwängern, während sie kurz davor sind, eine andere zu heiraten, aber ich kann mir schon vorstellen, dass Lukes Verhalten ein schlechtes Licht auf die Organisation als Ganzes werfen könnte.

Luke räuspert sich und sieht ein wenig blass aus, als er zu mir schaut.

»Hey, bist du okay?«, frage ich und drücke seine Hand.

Er zuckt mit den Schultern. »Ich könnte Michelle und Savannah für diesen verdammten Artikel umbringen, aber ja, es geht mir gut.«

»Dein Chef scheint ...«

»Nett zu sein?«, fragt er ausdruckslos und ich kichere.

»Er scheint sich wirklich um euch zu kümmern.«

Er zieht eine Augenbraue hoch, als er mir den Stuhl zurechtrückt. »Das hast du von dem, was er zu mir gesagt hat, abgeleitet?«

Ich setze mich und Brandon lenkt sofort Lukes Aufmerksamkeit auf sich, sodass ich nicht antworten kann, und dann wird der erste unserer sieben Gänge serviert.

Während des Desserts hören wir dem Hauptredner zu und erfahren, dass die Tanzfläche geöffnet ist.

Lauren zerrt Brandon mit sich, der Luke hilflos ansieht und mit den Händen das *Komm-her*-Signal gibt.

Luke lacht. »Möchtest du tanzen?«, fragt er mich.

»Das würde ich sehr gern«, sage ich, und die Wahrheit ist, dass ich mir die Chance, Luke Dalton näher zu kommen, auf keinen Fall entgehen lassen möchte.

Das erste Lied ist ein schnelleres Tanzlied und Luke scheint sich unwohl zu fühlen. Es geht in ein langsameres Lied über, und er sieht mich unbeholfen an. Ich hebe eine Schulter und lächle ihn an, um ihm zu zeigen, dass es okay ist, zu tanzen, und er lächelt zurück, bevor er mich in seine Arme nimmt.

Mein Körper ist an seinen gepresst. Mein Herz rast und meine Beine werden zu Gelee, als ich seinen Duft einatme.

Ich wünsche mir nichts sehnlicher, als dass das alles real ist.

»Der einzige Grund, warum er überhaupt mit ihr tanzt, ist, dass er weiß, dass das seine Chance ist, Sex zu haben«, sagt er leise zu mir.

Ich kichere.

»Tanzt du deshalb mit mir?«, frage ich.

In seinen Augen blitzt eine heiße Mischung aus Gefahr und Verschlagenheit auf. »Diese Nacht war wirklich etwas.«

Ich möchte, dass er mehr sagt. Es war *wirklich etwas*? *Übt* dieser Typ Sätze *ein*, die er mir an den Kopf werfen kann, damit ich sie später überanalysiere und überdenke?

»Ja«, murmle ich. »Etwas ...« Ich unterbreche mich und lasse die Tür für ihn offen.

»Du weißt, was ich dabei empfunden habe«, sagt er leise.

Tue ich das?

Nicht wirklich.

Ich lehne mich zurück und schaue ihm in die Augen, um ihm genau das zu sagen, aber es wird immer heißer zwischen uns und mein Gedankengang gerät aus den Fugen. Ich denke, er will mich küssen, aber dann tut er es nicht.

Er stößt einen Seufzer aus. »Gott, ich hasse Smokings.« Er zupft wieder am Kragen seines Hemdes.

Ich räuspere mich. »Wenn du also eine Wohltätigkeitsveranstaltung veranstalten könntest, wäre es keine Abendgarderobe mit einem Sieben-Gänge-Menü und Tanz nach dem Essen?«

Er schüttelt den Kopf. »Scheiße, nein. Es wäre leger. Die Leute würden ermutigt werden, in Shorts und T-Shirts zu kommen. Es gäbe ein Buffet mit Vorspeisen und ein weiteres mit Desserts und man könnte tanzen, wenn man wollte, aber nur, weil man betrunken ist.«

Und in diesem Moment formt sich die Schneeflocke von vorhin in meinem Kopf zu diesem Schneemann. »O mein Gott«, murmle ich. »Das ist es!«

»Was ist was?« Seine Augenbrauen senken sich und er sieht zutiefst verwirrt aus.

»Eine Wohltätigkeitsveranstaltung. Veranstaltet von dir. Zwanglos, lustig, Bier, Shorts. Es kann alles sein, was du willst, und es ist der perfekte Start, um dich in der Gemeinschaft zu bewegen, wie wir es besprochen haben.«

Er legt den Kopf leicht schief, während er über die Idee nachdenkt. »Aber ich habe keine Zeit, eine Veranstaltung zu planen.«

Für eine Sekunde ist mein Gesicht ein Abbild des Sarkasmus, aber ich zwinge mich, meine gerunzelte Stirn und meinen verzogenen Mund wieder gerade zu richten. »Okay, es sieht so aus, als hättest du jetzt in der Nebensaison eine Menge Zeit, um etwas zu planen, aber was soll's? Ich kann es machen oder wir können jemanden einstellen.«

Er kichert. »Okay, und was würde ich dann überhaupt tun? Für welchen wohltätigen Zweck wäre es?«

»Was ist dir wichtig?«

Er zuckt mit den Schultern, während er nachdenkt, und sagt dann: »Ich würde entweder Hunden oder Kindern helfen wollen.«

»Es gibt eine Menge Dinge, die man für Kinder tun kann. Man kann seine eigene Wohltätigkeitsorganisation gründen, für das, was einem selbst wichtig ist. Oder man kann jemand anderem etwas zurückgeben. Es gibt Wohltätigkeitsorganisationen für kranke Kinder, für Pflegekinder, für die Verhinderung von Schulabbrüchen, für die Elternzeit, für die Erfüllung von Wünschen, gegen den Sexhandel, gegen Drogenmissbrauch, für die Hilfe in armen Gemeinden, für den Bau von Spielplätzen …«

Ich komme ins Stocken, als das letzte Wort eine Idee in seinen Augen zu wecken scheint.

»Spielplätze bauen?«

Ich nicke. »Ich habe mit einer Wohltätigkeitsorganisation in Chicago zusammengearbeitet, die alte Spielplätze renoviert und modernisiert hat, um sie für Kinder wieder nutzbar zu machen. Ist das etwas Wichtiges für dich?«

Das Lied wechselt und es ist wieder ein langsames, sodass wir uns gemeinsam bewegen, während wir ein gefühlt wichtiges Gespräch führen.

»So etwas in der Art«, sagt er. »Als Kind war ich immer draußen. Ich habe darüber nachgedacht, etwas für den Bau von Sportplätzen in der Gemeinde zu tun. In diesem Zusammenhang möchte ich auch einen Stipendienfonds für kleine Kinder einrichten, deren Eltern es sich nicht leisten können, sie zum Sport zu schicken.« Während er spricht, leuchten seine Augen mit dem Feuer der Leidenschaft.

»Die Idee gefällt mir«, sage ich und schlinge meine Arme ein wenig um seinen Hals. Es ist eine unwillkürliche Bewegung, fast so, als würde ich ihn umarmen, während wir tanzen, und seine Fingerspitzen drücken sich in meinen Rücken, was mir ein Flattern durch den Magen verursacht. »Ich denke, es passt perfekt zu dir und gibt dir gleichzeitig die Möglichkeit, hier in der Gemeinde etwas Positives zu tun. Und das nicht nur wegen der Aufmerksamkeit, die du in den

Medien bekommst, sondern weil es etwas ist, das dir am Herzen liegt.«

Er schaut einen Moment lang nachdenklich. »Lass uns das mal genauer betrachten. Ich habe also eine Idee, wie ich der Gemeinde helfen könnte, aber was für eine Art von Veranstaltung würden wir machen?« Er blickt sich um und senkt die Stimme. »So kann es nicht sein. Das bin nicht ich.«

Ich lache. »Das hast du angedeutet. Ich weiß nicht, was wäre denn eine lustige Veranstaltung? Du könntest ein Promi-Softball-Turnier veranstalten oder eines dieser Footballspiele, bei denen man einfach nur zum Spaß herumalbert – wie heißt das noch mal?«

Er senkt die Brauen. »Scrimmage?«

»Ja, das.«

Er lacht. »Aber ich dachte, du sagst, Sportler seien keine Berühmtheiten.«

Ich hebe eine Schulter. »Ich stehe dazu.«

Er lacht wieder.

»Das war ein Scherz. Ich wollte nicht, dass es so klingt, wie ich es gesagt habe. Du bist einfach ... ich weiß nicht. Du machst mich nervös«, gebe ich zu.

»Ich mache dich nervös?«, fragt er und ein kleines, verschmitztes Lächeln umspielt seine Lippen. Meine Augen flackern kurz auf, und zwischen seinen Lippen und dem fantastischen Geruch, den er verströmt, werden meine Knie beinahe weich.

Ich nicke. »Unglaublich.«

»Ah«, sagt er verwundert und mein Blick wandert wieder zu ihm. »Das ist interessant, denn das Gefühl beruht auf Gegenseitigkeit.«

Mein Bauch schlägt Purzelbäume, als er meinen Blick eine Sekunde länger hält, als wir als *Freunde* sollten.

Aber wir sind keine Freunde ... nicht wirklich. Ich arbeite

für ihn. Ich bin seine vorgetäuschte Verlobte. Ich bin seine Mitbewohnerin. Ich bin die kleine Schwester seines besten Freundes. Zu diesem Zeitpunkt kennen wir uns kaum, aber ich lerne ihn kennen. Und jedes neue Stück von Hot Luke, das ich entdecke, verstärkt meine Gefühle für ihn noch ein bisschen mehr.

Er räuspert sich. »Cornhole.«

Sein einziges Wort durchbricht die Benommenheit, in die ich zu fallen begann.

»Ähm ... wie bitte?«

»Cornhole«, wiederholt er, als ob ich ihn beim ersten Mal nicht gehört hätte. Nein, ich habe ihn definitiv gehört, aber was zum Teufel ist *Cornhole*?

Ist er ...

Nein. Ich schüttle den Gedanken ab.

Moment!

Bietet er mir ein Spiel mit dem Hintern an?

»Richtig. Okay.« Ich nicke, als ob ich es verstanden hätte.

»Du hast keine Ahnung, was Cornhole ist, oder?«, fragt er, und es klingt weniger wie eine Frage als vielmehr wie eine Feststellung.

»Nein«, gestehe ich, denn ich bin mir ziemlich sicher, dass ein *Cornhole* ein Arschloch ist. »Keinen Schimmer.«

Er lacht. »Es ist ein Spiel, bei dem man zwei Holzplattformen hat, die in einem bestimmten Abstand voneinander stehen und oben Löcher haben. Dann wirft man Bohnensäcke und versucht, sie in das Loch zu bekommen. Das könnte meine Wohltätigkeitsveranstaltung sein. Cornhole für Prominente.«

»Oh!«, sage ich und bin ein wenig verwirrt, weil ich dachte, er würde von etwas ganz anderem sprechen. »Ja! Säckewerfen. So würde ich das nennen. Aber ja, ich liebe diese Idee!«

Und ich nehme das als grünes Licht. Er hat eine Wohltätigkeitsorganisation, er hat eine Veranstaltung, und er hat die Leidenschaft.

Sobald der Ball vorbei ist, habe ich Arbeit zu erledigen.

Ich werde meine Gefühle für ihn einfach beiseiteschieben. Das sollte nicht allzu schwer sein ... oder?

Kapitel Sechs

Wir nehmen noch einen Drink, bevor der letzte Aufruf für mögliche Bestellungen ertönt, und tanzen noch ein bisschen, und mit jedem Schritt, den wir auf der Tanzfläche machen, schlägt mein Herz ein bisschen stärker für ihn.

Die Art, wie seine Augen aufleuchten, wenn er sich für etwas begeistert, ist mehr als liebenswert. Es treibt meine Gefühle für ihn auf eine andere Ebene, die sowohl gefährlich und beängstigend für mich ist, wenn man bedenkt, wie hartnäckig er darauf besteht, dass er nicht das Richtige für mich ist.

Ich möchte, dass er mich küsst.

Ich möchte ein Bett mit ihm teilen, aber es soll echt sein.

Es ist noch zu früh, aber ich möchte, dass unsere Verlobung etwas für *uns* bedeutet, nicht nur für die Medien.

Brandon geht mit seinem Date, das immer noch an seiner Seite klebt, und Luke fragt mich kurz darauf, ob ich bereit bin, zu gehen. Er verabschiedet sich von den Leuten, die er kennt, und bevor wir in die Limousine steigen, die draußen auf uns wartet, sage ich ihm, dass ich auf die Toilette muss. Er geht auch und sagt mir, dass wir uns in der Lobby treffen, wenn wir beide fertig sind.

Ich befinde mich im Rausch der Nacht mit Luke und meiner lächerlich guten Idee für eine Wohltätigkeitsveranstaltung, als ich auf der Damentoilette überrumpelt werde.

Ich wasche mir gerade die Hände, als die Frau am Waschbecken neben mir sagt: »Kein Ring am Finger der linken Hand.«

Redet sie mit mir?

Sie hat recht. Ich trage keinen Ring an meinem Finger ... obwohl ich *verlobt* bin.

»Wie bitte?«, frage ich höflich. Ich schaue in den Spiegel, um einen Blick auf sie zu werfen, und sie ist absolut umwerfend. Atemberaubende blaue Augen und gewelltes dunkles Haar, das bis zur Mitte ihres Rückens hinunterfällt. Ihre Haut leuchtet und ihr Kleid sieht aus, als wäre es für ihre zierliche Figur gemacht. Ich bin sofort von ihr eingeschüchtert, allein durch die Art und Weise, wie sie ihre Augen auf mich richtet. Sie hat dieses *Resting Bitch Face* aufgesetzt, obwohl sie mich anlächelt. Ist das ein lächelndes Zickengesicht?

Ich nehme ein Papiertuch, um meine Hände abzutrocknen, und sie tut dasselbe. »Ich sagte, du trägst keinen Ring. Bist du nicht mit Luke Dalton verlobt?«

Ich bin verwirrt. Wer ist diese Frau und woher weiß sie, wer ich bin? »Ja, wir sind verlobt.«

»Warum trägst du dann keinen Ring?«, drängt sie.

»Wir hatten noch keine Zeit, einen auszusuchen.« Die Lüge rollt wie von selbst aus meinem Mund und ich will nur noch raus aus diesem Bad und zurück zu Luke, der im Flur auf mich wartet. Ich werfe mein Papierhandtuch in den

Müll, und diese Frau ist auf Schritt und Tritt hinter mir, ihr Papierhandtuch landet direkt auf meinem.

Ich stelle mich nicht gern allein den Fragen. Wenn wir zusammen sind, können wir wenigstens sicherstellen, dass wir die gleichen Geschichten erzählen.

»Wann habt ihr euch verlobt?«, fragt sie und ich gehe immer noch auf die Tür zu, um dieses verdammte Bad zu verlassen, und es muss das größte Bad in der Geschichte der Bäder sein, denn es kommt mir vor, als würde es ewig dauern.

»Vor ein paar Tagen.« Ich will gerade hinausstürmen, aber dann wird mir klar, dass ich damit den Eindruck erwecke, ich hätte etwas zu verbergen.

»Wie lange seid ihr schon zusammen?«

Du hast eine Menge Fragen für jemanden, der sich noch nicht vorgestellt hat.

Ich wünschte, ich hätte den Mut, so etwas zu sagen ... aber ich habe ihn nicht. Diese Frau schüchtert mich ein und Luke hat mir nicht beigebracht, wie man mit rasenden Fans oder wer auch immer sie ist, umgeht. Jedoch bin ich ein großes Mädchen. Ich kann damit umgehen.

»Wir kennen uns schon eine Weile, aber der Zeitpunkt war nie richtig.« Ich hebe eine Schulter. »Und dann war es so weit und wir haben unsere Chance ergriffen.«

»Luke hat gesagt, er würde nie wieder heiraten. Wie hast du es geschafft, ihn an dich zu binden?«

Ich runzle die Stirn und öffne schließlich die Tür. »Tut mir leid, aber wer bist du?«

Luke steht am Ende des Flurs und sein Blick wandert zu uns beiden.

Als er die Frau neben mir entdeckt, weiten sich seine Augen und dann sieht er einfach nur wütend aus.

Ich sehe wieder zu der Frau und sie grinst mich an, als wir Luke erreichen.

»Savannah«, sagt er, und das Wort kommt wie Gift daher.

Mein Herz rast, als mir endlich klar wird, wer sie ist.

Die Ex-Frau.

Nach all den Nachforschungen, die ich angestellt habe, sollte man meinen, dass ich *irgendwo* auf ein Bild von ihr gestoßen wäre, um sie wiederzuerkennen, aber Luke hat seine Vergangenheit gut versteckt gehalten. Ich war so sehr damit beschäftigt, etwas über Wide Receiver zu lernen, dass ich keine Zeit hatte, mich wirklich mit Lukes persönlicher Vergangenheit zu beschäftigen.

Aber das ist die Journalistin.

Sie hat mich vorhin im Bad nach einer Story ausgefragt.

So ein Miststück.

»Luke«, erwidert sie, viel zu lieblich.

»Es ist mir äußerst unangenehm, dir meine Ex-Frau Savannah Buck vorzustellen«, sagt er zu mir.

»Vielleicht können wir in ein paar Monaten, wenn das alles vorbei ist, einen Ex-Frauenclub gründen«, sagt sie und kreist mit dem Finger zwischen Luke und mir.

»Verschwinde von hier«, murmelt Luke, und es ist klar, dass sie sich nicht freundschaftlich getrennt haben. »Warum hast du neulich diese Lüge gedruckt?«

Sie zieht eine perfekt manikürte Braue hoch. »Diese *Lüge*? Entschuldigen Sie, Mr. Dalton, aber ich sage nur die Wahrheit.«

Er lacht, ein herzhaftes, falsches Lachen voller Bosheit, wie ich es noch nie von ihm gehört habe. »Du druckst alles, was dir in den Kram passt und gleichzeitig auch meinem Ruf schadet.«

Savannah schlägt sich die Hand vor die Brust, als sei sie zutiefst beleidigt. Sie gibt ein Geräusch des Unglaubens von sich, aber ich glaube ihr das keine Sekunde lang. Und Luke auch nicht.

»Wenn du also nur die Wahrheit druckst, wo ist dann dein Beweis, dass Michelle wirklich mein Kind austrägt?«

»Das ist eine ganz andere Frage, Captain.« Ihre Augen funkeln, als würde sie dieses Geplänkel genießen, aber Luke sieht aus, als würde ihm gleich eine Ader in der Stirn platzen.

»Was, du meinst eine Geschichte im Gegensatz zu einer Geschichte mit Beweisen?«, schießt er zurück, und es ist klar, dass ihn die ganze Unterhaltung nervös macht, während sie ihre Ruhe bewahrt, und ich hasse sie in diesem Moment. Ich hasse, was sie Luke antut. Ich hasse es, dass sie ihm unter die Haut geht. Ich hasse es, dass sie mit solch ruhigem Selbstvertrauen dastehen und ihm das antun kann.

»Du hast nicht nach Beweisen gefragt. Du hast gefragt, warum ich eine Lüge gedruckt habe, und das habe ich nicht. Eine Frau kam mit ihren Behauptungen zu mir, und nirgendwo in dem Artikel steht, dass es Beweise dafür gibt, dass sie dein Kind austrägt. Deshalb benutzen wir Wörter wie *angeblich*. Ich weiß, dass es für dein überlastetes Gehirn schwer zu begreifen ist, also werde ich es für dich aufschlüsseln. Die Frau sagt, sie ist von dir schwanger, und du heiratest eine Tussi, die du seit vier Sekunden kennst.«

»Oh, fick dich, Savannah!«, spuckt er und rollt mit den Augen. »Komm schon, Ellie. Lass uns nach Hause gehen.«

Sie hält unschuldig die Hände hoch. »Bye bye«, sagt sie und zwinkert Luke zu, während sie weggeht. »Ich freue mich auf deinen Scheck, mein lieber Wohltäter.« Diesen letzten Satz wirft sie über ihre Schulter.

Luke atmet schwer aus, als wir zum Ausgang gehen. »Das ist ein weiterer Grund, warum ich heute Abend nicht kommen wollte, nur falls du dich das gefragt hast.«

»Warum hat sie dich ihren Wohltäter genannt?« Das ist

eine dumme Frage, aber anscheinend das Einzige, was mir dazu einfällt.

»Unterhalt, allerdings nicht so viel, wie sie gern hätte, und schon gar nicht so viel, wie ich zahlen müsste, wenn wir jetzt statt vor sieben Jahren geheiratet hätten.«

»Wie lange wart ihr verheiratet?«

»Ungefähr ein Jahr. Ich war jung und dumm und fand sie heiß. Heiß ist nicht gleichbedeutend mit heiratsfähig.«

Ein wirklich weiser Rat. Ich würde wahrscheinlich gut daran tun, mir das zu merken.

»Warum hast du dich nicht an ihren Chef gewandt und einen Widerruf gefordert?«, frage ich.

»Das ist Sensationslust. Es ist unethisch, aber nicht illegal. Sie druckt ihre kleinen Geschichten auf Kosten der Genauigkeit, und solange es sich nicht um Verleumdung oder üble Nachrede handelt, ist es nicht illegal.«

»Ist es nicht eine Verleumdung, wenn das Baby, das Michelle austrägt, nicht von dir ist?«

Er hebt eine Schulter und verzieht ein wenig wehmütig die Lippen. »Es ist mehr als das. Sie treiben mich beide in die Enge, und ich habe keine andere Wahl, als mich zurückzulehnen und es hinzunehmen.«

Das Auto wartet auf uns, als wir vor die Tür gehen, und es fühlt sich an wie das Ende dieses Gesprächs, als wir auf den Rücksitz des Wagens gleiten ... aber ich will wissen, *warum* er nicht das Gefühl hat, eine Wahl zu haben.

Wir sind auf dem Weg zurück zu Lukes Haus und es herrscht Schweigen, denn er scheint tief in Gedanken versunken zu sein, während ich mir nicht sicher bin, welche Rolle ich spielen soll. Soll ich versuchen, ihn abzulenken? Ihn nachdenken lassen? Reden? Ich entscheide mich für einen lockeren Small Talk. »Hattest du Spaß?«

Er zuckt mit den Schultern und blickt zu mir. »So viel

Spaß, wie ich bei solchen Veranstaltungen immer habe. Den Abend mit meiner Ex-Frau ausklingen zu lassen, war nicht der ideale Abschluss.«

»Dann lass uns so tun, als ob das nicht passiert wäre. Wir können unseren eigenen Weg finden, die Nacht zu beenden.« Ich zwinkere ihm zu. »Wenigstens hattest du ein heißes Date.« Okay, vielleicht bin ich nach all dem Wein *ein bisschen* beschwipst.

Er kichert und wendet seinen Blick zum Fenster. »Das habe ich«, sagt er und es ist so leise, dass ich es fast überhöre.

Aber das tue ich nicht, und ich denke daran zurück, wie er mich *sexy Ellie* nannte, als er dachte, ich würde schlafen.

»Morgen werde ich mich also damit befassen, was man braucht, um eine Wohltätigkeitsorganisation zu gründen und wie man das anstellen kann«, sage ich, hauptsächlich um das Thema zu wechseln und auch ein wenig, weil ich nicht glaube, dass er weiß, dass ich gehört habe, was er gerade gesagt hat. Aber ganz ehrlich ... ich habe keine Ahnung, wo ich mit meiner Recherche anfangen soll. Ich weiß nicht einmal, was ich nicht weiß.

»Ich kann dich mit der Abteilung für wohltätige Spenden bei den Aces in Verbindung setzen, um zu sehen, ob sie einen Rat haben«, sagt er, als ob er meine Gedanken lesen könnte.

»Das wäre fantastisch«, schwärme ich.

»Erin ist großartig«, sagt er. »Sie hat Brandon geholfen, seine Wohltätigkeitsorganisation auf die Beine zu stellen.«

»Was ist seine Wohltätigkeitsorganisation?«

»Fostering Fletch. Er sammelt Geld, das Pflegekindern zugutekommt«, sagt er. »Er kann ein ziemliches Arschloch sein, wenn es um Frauen geht, aber im Grunde ist er ein ziemlich guter Kerl.«

Wir fahren in Lukes Nachbarschaft.

»Wie kommt es, dass mein Bruder gegenüber von dir wohnt?«

Er schmunzelt. »Ich hatte die Receiver eines Abends zu Bier und Poker eingeladen und er sah das Schild im Garten auf der anderen Straßenseite. Wir kamen ins Gespräch, lachten darüber, wie viel Spaß es machen würde, und am nächsten Tag machte er ein günstiges Angebot. Sie haben angenommen, und der Rest ist Geschichte.«

»Gefällt dir Vegas?«

Er nickt. »Ich bin jetzt schon fast ein Jahrzehnt hier. Es ist mein Zuhause.«

»Wo bist du aufgewachsen?«, frage ich, als wir in die Einfahrt fahren.

»Michigan. Ich wurde von Wisconsin rekrutiert und direkt nach dem College von den Aces gedraftet.«

»Lucky Luke«, sage ich.

»Mein Großvater hat mich immer so genannt.« Er kichert. »Daher die Lucky Charms. Aber ehrlich gesagt war es Glück gepaart mit ein wenig harter Arbeit.« Er öffnet die Tür und läuft um das Auto herum zu meiner Seite, um mir beim Aussteigen zu helfen. Er wünscht dem Fahrer eine gute Nacht und dann gehen wir gemeinsam zur Haustür.

Wir stehen einen Moment lang auf der Veranda. Er beobachtet den Fahrer, wie er rückwärts aus der Einfahrt fährt, und er hat sich noch nicht bewegt, um die Tür zu öffnen.

Die leichte Brise in der Nachtluft lässt mich frösteln.

Meine Augen treffen seine und er macht einen Schritt auf mich zu. Er ist nah genug, dass ich seine Wärme spüren kann.

»Das ist der Teil des Abends, an dem ich meinem Date normalerweise einen Gutenachtkuss gebe«, sagt er leise.

Ich sehe zu ihm auf, während in meiner Brust die Nerven flattern.

Wir haben uns schon mal geküsst.

Ich meine, wir hatten *Sex*, also haben wir uns natürlich auch geküsst.

Wenn ich an den ersten Kuss im Liegestuhl am Pool des Cosmopolitan zurückdenke, durchfährt mich erneut ein Schauer. Allerdings nicht wegen der kühlen Abendluft.

Er greift unter mein Haar, um meinen Nacken zu umfassen, seine Finger schlingen sich um mich, während sich die Hitze in seinen Augen in ein Inferno verwandelt.

Er kommt einen Zentimeter näher und mein Herz rast, während meine Knie zu zittern beginnen.

Ich will das.

Gott, ich will, dass er mich küsst.

Er kommt noch ein wenig näher, seine große Hand liegt warm auf meiner Haut.

Sein frischer Duft dringt in mich ein.

Küss mich, küss mich, küss mich!, singe ich in meinem Kopf.

Und gerade als ich meine Augen schließe, um darauf zu warten, dass seine Lippen auf meine treffen, seufzt er und zieht sich zurück.

Er schließt die Haustür auf und ich folge ihm in die Küche. Er löst den Knoten seiner Krawatte und öffnet den ersten Knopf seines Kragens, was einen köstlichen Blick auf die Haut freigibt.

Ich will sie lecken. Ich will *ihn* lecken. Überall.

Ich will den Kuss, den wir verpasst haben ... aber ich fürchte, der Zauber ist gebrochen. Was auch immer ihn dazu gebracht hat, mich fast zu küssen, scheint sich verflüchtigt zu haben, und ich kann den ruhigen Frieden, der uns fast dahin gebracht hat, nicht wiederherstellen.

»Ich, äh …«, beginnt er. »Es tut mir leid. Mir ist klar, dass ich verwirrende Signale aussende, und ich glaube, das liegt daran, dass ich, nun ja, verwirrt bin. Ich mag dich, Ellie. Sehr sogar.« Er räuspert sich, während er wegschaut, und ich wünschte, ich könnte in seine Gedanken eindringen und herausfinden, was er denkt.

»Ich mag dich auch.« Meine Augenbrauen senken sich.

Er atmet tief durch. »Das ist alles so kompliziert.«

»Was ist los?«, frage ich.

»Ich habe das Gefühl, dass ich ständig das Falsche tue. Was passiert, wenn das alles vorbei ist?«

»Mein Bruder ist dein bester Freund. Wenn wir diese Verlobung noch einen Tag oder ein Jahr länger vortäuschen, ist das egal. Er wird immer noch in deinem Leben sein, was bedeutet, dass es vielleicht auch für mich in Ordnung ist.«

Er nickt. »Was ist, wenn ich dich wegstoße und du mich hasst?«

»Komm schon, Luke«, sage ich etwas lauter, als es vielleicht nötig wäre. »Du klammerst dich hier an Strohhalme. Du suchst nach Wegen, unsere Vereinbarung zu sabotieren, bevor sie überhaupt zustande gekommen ist.«

»Das tue ich nicht«, entgegnet er. »Ich bin nur realistisch. Ich analysiere. Ich betrachte die Sache aus allen möglichen Blickwinkeln und Perspektiven.« So wie er es auch tut, wenn er Filme studiert.

Wie es aussieht, bin ich nicht die Einzige, die die Dinge überanalysiert.

»Wovor hast du solche Angst?«, frage ich.

Er antwortet nicht, aber ich glaube, ich weiß es bereits. Er hat seine früheren Beziehungen nicht überwunden. Seine Ex-Frau und seine Ex-Freundin waren manipulativ. Sie haben ihn gezeichnet, und jetzt hat er Angst, sich mit einer anderen Frau einzulassen, also hat er Beziehungen abgeschrieben.

Er will sich auf seine Karriere konzentrieren, und das ist für jemanden wie mich eine sehr große Hürde, die es zu überwinden gilt ... vor allem, wenn er so verdammt stur ist.

»Schau, ich will dich nicht an der Nase herumführen«, sagt er. Er presst seine Handflächen auf den Tresen, die Ellbogen sind gestreckt, während er den Kopf ein wenig hängen lässt, die Augen sind auf seine Hände gerichtet. »Ich mag dich und du magst mich, aber ich kann dir nicht die Art von Zukunft bieten, die du dir wünschst.«

»Das weißt du nicht«, sage ich leise ... hoffnungsvoll. Und für den winzigen Moment einer Sekunde denke ich über eine Art Freundschaft Plus nach. Was auch immer er als Nächstes beschließt, wir täuschen diese Sache zumindest kurzfristig gemeinsam vor. Das könnte mir *ein wenig* Vergnügen bereiten. Aber eine Freundschaft Plus wird nicht funktionieren. Ich verliebe mich bereits in ihn, sodass mich das Hinzufügen von Sex – wieder – nur noch schneller dahin führen wird.

»Doch, das tue ich.« Er presst die Lippen ein wenig traurig aufeinander, während er zu mir aufschaut. Er öffnet den Mund, um noch etwas zu sagen, aber dann scheint er es sich anders zu überlegen. »Ich werde jetzt duschen gehen. Gute Nacht.«

Dann dreht er sich um und verlässt den Raum. Damit hat er den winzigen Hoffnungsschimmer, den er mir gegeben hat, als er mich fast geküsst hätte, zunichtegemacht.

Kapitel Sieben

Am Montagmorgen gibt mir Luke genaue Anweisungen, wie ich Erin in den Personalbüros auf dem Trainingsgelände finden kann.

»Warum befinden sich die Büros in eurem Trainingszentrum und nicht im Stadion?«, frage ich.

»Das Team ist nicht Eigentümer des Stadions«, sagt er.

Dies ist einer dieser Momente, in denen ich nicht einmal weiß, was ich nicht weiß. Dasselbe gilt für seine Wegbeschreibung. So etwas kann man im Navi des Telefons nicht finden, während er mir erklärt, wie man durch die Flure des Gebäudes navigiert, und ich ihn anstarre, als hätte er zwei Köpfe.

Er wirft einen Blick auf seine Uhr. »Wollen wir einfach zusammengehen?«

Ich nicke. Sein Treffen mit Calvin beginnt eine Stunde nach meinem Treffen mit Erin. »Sehr gern.«

Er kichert. »Ja, natürlich. Aber wir nehmen zwei Autos, denn ich habe ein Training mit Tristan geplant und möchte nicht, dass du warten musst, bis wir fertig sind.«

»Wer ist Tristan?«

»Der Neue«, sagt er und wirft mir wieder diesen Blick zu, als wüsste ich nichts über Football. »Tristan Higgins.«

Ich zucke mit den Schultern. »Vielleicht könnte ich bei deinem Training vorbeischauen und ein paar Bilder für Instagram machen. Stell dir vor, wie gut du dabei aussehen würdest. Du zeigst dem Neuen dein Wohlwollen, du bist selbstbewusst, was deinen Platz im Team angeht, und du führst ihn in deine Arbeit ein. Außerdem würden deine Fans einen Einblick bekommen, wo du mit dem Team trainierst. Sie würden es lieben.«

»Ich mache das nicht, um gut auszusehen. Ich bin ein wirklich anständiger Kerl«, sagt er.

»Ja«, sage ich leise und denke an meine Vergangenheit mit Männern, die nicht so anständig waren, im Gegensatz zu diesem Mann, der einem Mädchen, das er nicht einmal kennt, eine Wohnung und einen Job gegeben hat. »Du scheinst einer von den Guten zu sein.«

Er begleitet mich zu meinem Treffen, und es gibt mehrere Gründe, warum es gut ist, ihn dabei zu haben. Zum einen hätte ich Erins Büro ohne ihn *nie* gefunden. Und zum anderen kann er viele der Fragen beantworten, die Erin hat. Ich will nicht, dass dies *meine* Veranstaltung ist. Ich möchte, dass es seine ist. Ich möchte, dass es etwas ist, was er über unsere gemeinsame Zeit hinaus mitnehmen kann, wie lange sie auch immer dauern mag.

Und dann sehe ich, wie begeistert er von dieser ganzen Wohltätigkeitsidee ist. Er kann es kaum erwarten, Geld zu sammeln, um sicherzustellen, dass jedes Kind eine faire Chance hat, Sport zu treiben, damit es nicht auf der Strecke bleibt, nur weil es sich die Mannschaftskleidung nicht leisten kann ... dass es einen ausreichenden Platz zum Trainieren und Spielen hat.

Mein Herz schlägt laut.

Mein Magen dreht sich um.

O Scheiße!

Ich wusste, dass es passiert.

Ich habe gespürt, dass es kommt, und es gab wenig, was ich dagegen tun konnte.

Als wir in dieser Besprechung mit Erin sitzen, die Aufregung in seinem Gesicht leuchtet und die Leidenschaft in seinen Augen brennt, wird mir etwas klar. Dieses Gefühl in der Magengrube ist das leise Brennen des Feuers, als mein Körper mich zu warnen versucht. *Stopp! Alarm! Stopp!*

Aber jetzt ist es zu spät. Ich habe mich in ihn verliebt, und jetzt tue ich so, als wäre ich mit ihm verlobt, während er mich insgeheim immer wieder wegstößt.

Ich habe mich in eine ziemliche Klemme gebracht.

Er wird immer nervöser, je näher die Uhr auf halb zehn zugeht, und dann entschuldigt er sich, um sich mit Calvin zu treffen, während Erin und ich noch ein paar Details allein ausarbeiten.

Als er eine halbe Stunde später zurückkommt, möchte ich ihn unbedingt über das Treffen ausfragen, aber ich habe keine Gelegenheit dazu, und hier ist ohnehin nicht der richtige Ort, um darüber zu sprechen.

Stattdessen gehen wir ins Fitnessstudio. Das Feuer in meinem Magen brennt nur noch heißer, als ich Fotos von ihm mache, wie er mit dem neuesten Teammitglied der Aces trainiert.

Und erst ein paar Stunden später, als wir auf die Autobahn fahren, stelle ich endlich die Frage, die mir seit heute Morgen um zehn im Kopf herumschwirrt. »Wie war dein Treffen mit Calvin?«

Er räuspert sich. »Nicht gut.«

»Was hat er gesagt?«

»Er hat mir die Hölle heiß gemacht, weil ich Michelle geschwängert habe, und dann musste ich ihm erklären, dass ich nicht der richtige Mann für sie bin, aber dass ich für sie und das Baby da sein werde, wenn es so weit ist.« Er spricht leise und ausdruckslos, und ich merke, dass ihm das Gespräch zugesetzt hat, auch wenn das Training ihm geholfen hat, seine Gefühle einzuordnen. »Er hat mich auch mehr als einmal daran erinnert, dass ich nicht der einzige Wide Receiver in der Liga bin.«

»Das ist ja furchtbar«, sage ich und drücke seine Hand.

Aber ich verstehe das nicht. Was kümmert es Calvin, was Luke in seiner Freizeit macht?

Er presst die Lippen zusammen und richtet seinen Blick nach vorn auf die Straße. »Aber er hat recht. Ich bin es nicht. Ich bin leicht ersetzbar und deshalb brauche ich dich.« Er hält inne und mein Herz rast. Er *braucht* mich. Doch dann fügt er hinzu: »Deshalb brauche ich deine Hilfe bei meinem Image und meiner Marke, um mich zu jemandem zu machen, der nicht so leicht zu ersetzen ist.« Seine Worte erinnern mich daran, dass wir für ihn nicht mehr als ein Geschäft sind... auch wenn es für mich mehr als das ist. »Er hat mich gefragt, wie ich die Sache mit Michelle wieder in Ordnung bringen will. Ich habe ihm gesagt, dass ich jetzt mit jemandem verlobt bin. Ich hoffe, es macht dir nichts aus, das eine Weile mit mir vorzutäuschen.«

Ich bin immer noch damit einverstanden, auch wenn ich nicht wirklich verstehe, warum Calvin sich so sehr für sie einsetzt.

Ich ertappe mich dabei, wie ich mir immer mehr wünsche, dass es nicht nur so aussieht.

Kapitel Acht

Nach der Dusche am nächsten Morgen gehe ich mit meinem Laptop in die Küche und hole mir einen Kaffee, bevor ich mich an die Arbeit mache. Ich setze mich auf einen der Hocker an der Theke und mampfe eine Banane, als Luke hereinkommt.

»Ich habe etwas für dich«, sagt er.

Ich blicke von meinem Bildschirm auf, zu ihm und ziehe die Brauen zusammen. »Was ist los?«

»Komm mit mir!«

Ich lasse meinen Laptop stehen und werfe die Bananenschale in den Müll. Wir gehen durch das Haus und er bleibt vor einer geschlossenen Tür stehen. Es ist das Büro, in dem sich meine Kisten stapeln, seit die Umzugsfirma sie abgeliefert hat.

Vielleicht ist das seine Art, mir zu sagen, ich solle meine Kisten umstellen oder meinen Kram auspacken oder einfach verschwinden, weil es für ihn nicht funktioniert.

»Öffne die Tür!«, sagt er leise.

Mein Herz klopft wie wild und ich schnappe nach Luft, als ich mich umsehe.

Das dunkle Holz ist verschwunden und wurde durch ein frisches und völlig anderes Aussehen ersetzt. In der Mitte des Raumes steht ein großer weißer Schreibtisch mit einem sehr bequem aussehenden hellen Stuhl. Gegenüber dem Schreibtisch stehen zwei ähnliche Stühle. Leere Bücherregale, in derselben Farbe wie die Regale, säumen eine Wand und vom Boden bis zur Decke reichende Fenster ermöglichen mir einen herrlichen Blick in seinen Garten.

In der Mitte des Raumes liegt ein flauschiger lila Teppich.

Der Schreibtisch ist mit Bürozubehör gefüllt.

Es ist alles glitzernd lila.

An der Wand gegenüber dem Schreibtisch steht eine große lila Couch, ein Ort, an dem ich mich entspannen und kreativ sein kann.

An den Wänden hängen alle möglichen Kunstwerke mit Sprüchen wie *Hustle* und *Lady Boss* und *Grind* in Glitter. Auf einem anderen steht *work work work* und wiederum auf einem anderen *I'm not bossy,* daneben hängt ein passendes Foto mit der Aufschrift *I'm the boss.*

Alles ist lila und weiß mit silbernem Glitzer und die Kisten, die an der Wand gestapelt waren, sind verschwunden.

»Ist das für *mich*?«, frage ich.

Tränen steigen mir in die Augen, als ich Luke ansehe, der stolz auf sich ist. Er nickt mit seinem umwerfenden Grinsen.

Ich gehe auf den flauschigen lila Teppich zu und drehe mich im Kreis. Der Stoff ist weich an meinen Füßen. »Wann hast du das alles gemacht?«

»Ich bin schon eine Weile dabei. Alles wurde geliefert,

während wir auf dem Ball waren, und ich habe die letzten Tage mit Debbies Hilfe daran gearbeitet.«

»Aber du hast mich neulich nach meiner Lieblingsfarbe gefragt …« Ich verstumme.

Er kichert. »Als ob ich das nicht schon gewusst hätte. Ellie, dein Telefon ist lila. Genau wie dein Koffer und die meisten deiner Klamotten.«

»Und der ganze Glitzer?«

»Ich glaube nicht, dass es einen einzigen Tag gibt, an dem du nicht etwas trägst, das funkelt, sei es dein Armband, dein Hemd oder dein strahlendes Lächeln.«

Ich schmelze vor Lust auf ihn dahin, während meine Knie ein wenig weich werden. »Dir ist das alles aufgefallen?«

Eine Seite seines Mundes hebt sich. »Natürlich«, sagt er leise.

Ich kann nicht anders, als automatisch auf ihn zuzugehen und meine Arme um seinen Hals zu legen. Ich will ihn küssen. Jedes Verlangen in mir sagt mir, dass ich ihn küssen soll.

Und das tue ich auch … aber auf seine Wange und dann löse ich mich von ihm. Ich gehe zum Schreibtisch und öffne eine der Schubladen. Ein Haufen meiner Bullet-Journal-Sachen ist da drin, alles fein säuberlich geordnet. »Danke. Das ist unglaublich.«

»Ich dachte mir, wenn du hier für mich arbeitest, verdienst du auch einen eigenen Raum. Auch wenn es nur vorübergehend ist. Ich bin mir sicher, dass du die Küchentheke liebst, aber dieser ergonomische Stuhl wird deinen Rücken etwas mehr schonen als der Barhocker.«

»Das ist das Schönste, was je jemand für mich getan hat«, sage ich leise.

Wir starren uns an, während zwischen uns Hitze entsteht.

Er ist agil und athletisch, sein schwarzes Hemd schmiegt sich an seine breite Brust und seine anthrazitfarbenen Shorts lassen seine Beine schlank und muskulös aussehen. Seine Augen sind auf mich gerichtet und er sieht fast ein wenig nervös aus.

»Können wir, äh, kurz reden?«, fragt er und ein Anflug von Angst durchfährt meine Brust, als ich mich frage, ob das Geschenk dieses Büros durch dieses Gespräch verdorben werden könnte.

»Natürlich«, sage ich und keiner von uns rührt sich vom Fleck.

»Ich weiß, dass wir die Logistik unserer Scheinverlobung noch nicht ganz durchdacht haben, aber nachdem ich Savannah auf dem Ball getroffen habe und nach meinem Gespräch mit Calvin ... habe ich das Gefühl, dass wir diese Idee vorantreiben müssen, wenn du immer noch damit einverstanden bist.«

»Was vorantreiben?«, frage ich. Ich bin verwirrt, worauf er hinaus will. Wir haben uns bereits darauf geeinigt, es vorzutäuschen, also ist es, als ob er einen Schritt hinter mir ist und nicht ganz aufholen kann.

»Ich weiß nicht einmal, wie ich das fragen soll, oder was zum Teufel ich hier tue, und dein Bruder wird mich verdammt noch mal umbringen ... aber ich meine eine echte Scheinehe.« Er schüttelt den Kopf und schaut aus dem Fenster. »Ich kann nicht glauben, dass ich das überhaupt vorschlage.«

Ich runzle die Stirn. »Ich dachte, du wärst gegen diese Idee. Was hat deine Meinung geändert?«

Er seufzt. »Von meinem Chef zusammengestaucht zu werden, hat mich zum Nachdenken gebracht, und ich bin mir nicht sicher, ob ich eine andere Lösung sehe. Und natürlich würde ich dafür sorgen, dass du mit einem guten Gehalt davonkommst.«

»Warum interessiert sich dein Chef so sehr für dein Privatleben?«

Er sieht mich einen Moment lang verwirrt an, als wäre es eine dumme Frage, aber dann scheint ein Licht in seinen Augen zu leuchten. »Oh, du weißt es nicht.« Er räuspert sich. »Michelles Nachname ist Bennett. Sie ist Calvins Tochter.«

Meine Augen weiten sich. »Sie ist seine *Tochter*?«

Nun, das erklärt wohl Calvins Interesse an dieser ganzen Sache. Plötzlich passt alles zusammen.

Jetzt verstehe ich, warum er sich in die Ecke gedrängt fühlt ... und warum er noch keinen Vaterschaftstest verlangt. Er kann keinen großen öffentlichen Wirbel darum machen, sonst riskiert er, den Teambesitzer in einem Vertragsjahr zu verärgern. Es ist viel sinnvoller für ihn, sich zurückzuhalten und den Medienrummel über sich ergehen zu lassen.

Mann, er sitzt wirklich zwischen allen Stühlen.

»Ich denke, dass eine echte Ehe der einzige Weg ist, Savannah zum Schweigen zu bringen und Michelle davon abzuhalten, mir das Leben aus dem Leib zu quetschen, während ich Calvin zu verstehen gebe, dass, obwohl ich für sie und das Baby da sein werde, eine Ehe für Michelle und mich nicht infrage kommt.«

»Aber was ist, wenn nicht?«, frage ich und bin mir nicht sicher, warum genau ich dummer Arsch versuche, ihm diese Idee *auszureden*, bei der ich einen heißen Footballspieler heiraten soll, der zufällig der beste Freund meines Bruders ist und in den ich wahnsinnig verknallt bin.

Er blinzelt überrascht. »Was, wenn es nicht ... was?«

Ich lehne meinen Hintern gegen die Kante meines nagelneuen Schreibtisches. »Was, wenn es Savannah nicht zum Schweigen bringt? Was, wenn es dir Michelle nicht vom Hals hält? Was ist, wenn es Calvin nichts beweist? Wir haben uns nicht sonderlich angestrengt, aber es scheint nicht so, als hätte die *Verlobung* funktioniert. Warum glaubst du, dass eine Heirat hilft? Vielleicht muss ich mich auch schwängern lassen.« Den letzten Teil sage ich im Scherz, aber Luke hält inne und hebt die Augenbrauen, als würde er die Idee in Betracht ziehen. Mein Herz fällt mir in den Magen. »O Gott! Das war nur ein Scherz, Luke.«

Er lacht. »Erwischt.«

»Alter.« Ich gehe die wenigen Schritte zwischen uns und schlage ihm auf die Schulter. »Nicht cool.« Ich nehme mir einen Moment Zeit, um aus dem Fenster zu sehen und mich zu sammeln. Ich kann nicht in Lukes heißes Gesicht starren und eine rationale Entscheidung treffen.

Ich habe das nicht durchdacht.

Es ist dumm. Das würde mir jeder sagen.

Und doch ... fühlt es sich irgendwie richtig an, das zu tun. Er hat mir eine Bleibe angeboten, bevor er überhaupt etwas über mich wusste, und deshalb biete ich ihm das an, um ihm aus seinem eigenen Schlamassel zu helfen. Außerdem ist da noch diese ganze *gute Gehaltssache*. Es würde mir die Chance geben, mir eine eigene Wohnung zu suchen und vielleicht sogar meine eigene PR-Firma zu gründen.

Ich mag ihn mit jeder Sekunde, die ich mit ihm verbringe, ein bisschen mehr. Es ist ja nicht so, dass das *alles* schlecht wäre.

Und deshalb neige ich hier zu einem Ja. Es ist meine Aufgabe, sein Image aufzupolieren. Ihn für die Aces unentbehrlich zu machen. Ich muss der Welt beweisen, dass er genauso großartig ist, wie ich denke. Und wenn ich dafür seine Frau sein muss ... dann ist das doch Teil meiner Jobbeschreibung, oder? Und als seine Frau finde ich nicht, dass es unbedingt außerhalb meiner ehelichen Pflichten liegt, einen

Vaterschaftstest von seiner schwangeren Ex zu verlangen, da er sich nicht dazu in der Lage sieht.

Gott, ich bewege mich hier auf einem schmalen Grat. Ich muss wirklich vorsichtiger damit sein, was ich mir wünsche.

Ich höre auf mein Herz und nicht auf meinen Verstand, als ich meine nächsten Worte sage. »Ich weiß es nicht. Es ist doch nicht die *schlechteste* Idee der Welt, oder? Wenn du wirklich glaubst, dass eine Scheinehe dir helfen wird, bin ich immer noch dabei.«

»Vielleicht sollten wir es dem Schicksal überlassen«, überlegt er.

Ich hebe eine Augenbraue. »Schicksal?«

Er zuckt mit den Schultern. »Lass uns heute Abend ins Casino gehen.«

»Das ist kein Schicksal«, sage ich. »Das ist ein Glücksspiel. Ich ziehe es vor, über mein Leben selbst zu entscheiden.«

Er lacht. »Wir sind in Vegas, Baby. Lass uns spielen!«

Mir gefällt die Idee nicht, aber ich merke langsam, dass ich gern zustimme, wenn Luke fragt. Und so machen wir uns nach dem Abendessen auf den Weg zum Strip.

Er steuert auf den Parkplatz des Caesar's Palace und ergreift meine Hand. In meiner Brust kribbelt es und mein Magen macht einen kleinen Hüpfer. Ich weiß nicht, ob er es tut, weil wir in der Öffentlichkeit sind oder weil er meine Hand halten will. Ich hoffe, dass es Letzteres ist, aber ich habe das ungute Gefühl, dass er nur versucht, unsere Beziehung zur Schau zu stellen, falls er von irgendjemandem erkannt wird.

Wir gehen hinein und laufen durch das weitläufige Casino in Richtung einer Bar. Er blickt mich an. »Willst du etwas?«

Ich bin mir nicht sicher, ob es sich um einen Barbesuch

handelt, bei dem man sich *betrinken kann*, oder eher um einen Besuch, bei dem man *einen trinkt und dann nach Hause geht*, aber ich bestelle ein Glas Weißwein und er entscheidet sich für einen Whiskey Sour.

Er bezahlt und wir gehen mit unseren Getränken in einen Raum mit der Aufschrift *High Limit*. Ich bin zwar neu in Vegas, aber ich bin mir ziemlich sicher, dass es sich nicht um Alkohol handelt.

Der Raum ist leer, bis auf ein älteres Paar, das in der Ecke an einem Spielautomaten spielt. Er holt sein Portemonnaie heraus, nimmt einen Hundert-Dollar-Schein und setzt sich an einen Pokerspielautomaten. Ich setze mich auf den freien Stuhl neben ihn.

»Du zuerst«, sagt er. »Wenn wir unser Geld verdoppeln oder mehr, heiraten wir.«

Ich starre ihn einen Moment lang an.

Er meint es ernst.

Und ich werde nicht diejenige sein, die einen Rückzieher macht.

Ich drücke den Knopf, um die Karten auszugeben, und mein Herz klopft so laut in meiner Brust, dass ich Angst habe, er könnte es hören. Es ist ein Five Card Draw, ich bekomme also fünf Karten, kann so viele ablegen, wie ich will, und bekomme so viele, dass es wieder fünf werden. Wenn ich ein Paar oder mehr bekomme, gewinne ich ... oder verliere zumindest nicht.

Ich bekomme eine Zwei, eine Vier, eine Sechs, eine Acht und eine Neun. Alles Scheißkarten. Ich drücke den Knopf, um alle Karten neu zu bekommen, und erhalte ungefähr den gleichen Scheiß wie bei der ersten Hand.

Er versucht es als Nächstes, und es ist derselbe Mist, nur mit einer anderen Hand. Mein Herz klopft immer noch, aber die anfängliche Nervosität über diese ganze Idee beginnt, sich aufzulösen, als mir klar wird, dass wir auf keinen Fall gewinnen werden.

Er nickt mir zu und ich verliere. Null Karten gehen zusammen bei dem Versuch, irgendeine Art von Hand zu bilden.

Er versucht es erneut und verliert.

Wir wechseln uns weiterhin ab und als wir bei unseren letzten zehn Dollar angelangt sind, sagt er: »Lass uns gemeinsam den Knopf drücken.«

Ich nicke, lehne mich so nah zu ihm, dass ich ihn riechen kann, und lege meinen Finger auf den Knopf. Er legt seinen auf den meinen und drückt ihn herunter.

Die Karten scheinen sich in Zeitlupe zu drehen.

Herzkönig.

Herzzehn.

Herzkönigin.

Herzass.

Und eine verdammte Pik-Vier.

Er sieht mich mit großen Augen an und ich bin mir sicher, dass sich mein Blick mit seinem deckt.

Wenn wir einen Herzbuben erwischen, ist das ein Royal Flush, und das ist die höchste Jackpot-Auszahlung an diesem Automaten – fünfundzwanzigtausend Dollar.

Das wäre mehr als eine *Verdoppelung* unseres Geldes.

Er rettet die Zehn, die Dame, den König und das Ass, und dann lege ich meinen Finger auf den Knopf.

Er drückt meinen Finger.

Ich schließe meine Augen, weil ich nicht hinsehen kann. Ich bin zu verdammt nervös.

»Heilige Scheiße«, murmelt er dicht an meinem Ohr und da weiß ich es.

Meine Augen springen auf. »O mein Gott!«, schreie ich auf, als ich den Herzbuben an der Stelle entdecke, an der vorher die Vier gelegen hat. Der Automat beginnt verrückt zu spielen und der Jackpot-Song ertönt, während ein großer blauer Streifen in der Mitte des Bildschirms schreit: »JACKPOT! Handauszahlung erforderlich.«

Wir stehen beide unter Schock. Wir starren auf den Bildschirm, dann sehen wir uns gegenseitig an und dann wieder auf den Bildschirm, und heilige Scheiße, wir haben das Schicksal entscheiden lassen, und das Schicksal treibt uns absolut zusammen – zumindest für diese Scheinehe. Er lehnt sich zu mir und drückt mir einen sanften Kuss auf die Lippen, und ich möchte mehr davon. Ich möchte mich am liebsten auf seinen Schoß setzen und ihn genau hier reiten, während wir unseren großen Gewinn feiern, aber es ist ein kurzer Feierkuss, weil wir gerade fünfundzwanzigtausend Dollar an einem öffentlichen Ort gewonnen haben.

»Ich schätze, wir haben unser Hochzeitsbudget«, sagt er und ich fange an zu kichern.

Kapitel Neun

Wir sind beide etwas betrunken, als der Uber uns wieder in Lukes Einfahrt absetzt, und sobald wir in die Küche kommen, lege ich meine Handtasche auf den Tresen und ziehe meine Schuhe aus.

Wir machen das also wirklich.

Ich habe Hunderte von Fragen, aber keine Ahnung, wo ich anfangen soll, und der ganze Wein zum Feiern, den ich getrunken habe, und die Freude über den Sieg machen mich schläfrig. Wir können uns morgen früh mit den Fragen beschäftigen.

Zu meiner Überraschung tritt Luke jedoch näher an mich heran und ergreift meine Hand. Er verschränkt seine Finger mit meinen. »Danke für den tollen Abend, Ellie. Du zeigst mir, dass nicht alle Frauen böse sind.«

Ich lache, aber er nicht.

»Ich meine es ernst.« Er zieht unsere gefalteten Hände hoch und drückt mir einen federleichten Kuss auf die Knöchel.

Meine Knie werden weich.

»Ich bin nicht wie sie«, flüstere ich. »Ich werde dich nicht manipulieren. Ich werde dir nicht wehtun. Ich werde einfach für dich da sein. Wie auch immer du mich brauchst.«

Er lehnt sich ein wenig näher heran. »Du wirst mir auf jeden Fall wehtun.« Sein warmer Whiskey-Atem vermischt sich mit seinem Luke-Duft, so nah bei mir, und er überwältigt meine Sinne.

»Wie kommst du darauf?«, frage ich aufrichtig neugierig, während ich mich selbst frage, ob Whiskey eine Art Wahrheitsserum ist oder nur eine geilmachende Pille, und er sich an mich ranmacht.

»Das hast du schon.« Er lehnt sich noch näher heran und seine Nase streift meine. Ich glaube, er will mich küssen, aber ich bin mir nicht sicher.

Meine Brust bebt vor Aufregung und meine Beine geben fast nach, während meine Hände zu zittern beginnen. Mein Körper reagiert, obwohl mein Gehirn versucht, das Richtige zu tun. Ich weiß nicht einmal, was das Richtige ist. Wir haben gerade einen verdammten Pokerautomaten entscheiden lassen, dass wir heiraten.

Und ich will ihn.

Gott, wie sehr ich ihn will.

Meine Gedanken rasen zurück zu unserer gemeinsamen Nacht. Schnipsel hier und da – seine Hand auf meinem Hintern, als er von hinten in mich stieß. Ein gestohlener Kuss auf einem Liegestuhl am Pool.

»Wie?«, frage ich, mein Atem flüstert nur wenige Zentimeter vor seinem Mund.

»Indem du du bist. Indem du alles bist, was ich will, aber nichts, was ich haben kann.« Seine Lippen berühren meine und alles in mir brennt wie Feuer, während Raketen in meiner Brust explodieren.

»Aber du *kannst* mich haben, Luke«, behaupte ich leise gegen seine Lippen.

Er schüttelt den Kopf, als ob meine Worte ihn für einen Moment ernüchtern würden. »Nein«, sagt er. »Ich kann nicht. Ich würde dir am Ende nur wehtun. So bin ich nun mal. Meine vergangenen Beziehungen, die endeten … da waren zwei Personen beteiligt, und ich bin nicht unschuldig. Du bist zu gut für so etwas.« Er streift wieder mit seinen Lippen über meine. »Du bist zu gut für mich, verdammt noch mal.« Er küsst mich nur für eine Sekunde, es ist mehr als eine Berührung von Lippe auf Lippe, es ist ein zärtliches Pressen seines Mundes auf meinen, aber dann zieht er sich von mir zurück. Er geht einen Schritt zurück.

»Gute Nacht«, sagt er leise und verlässt mit großen Schritten das Zimmer.

Ich bin mir nicht sicher, wohin er geht, aber ich gebe ihm etwas Zeit, falls er nach oben in das Schlafzimmer geht, das wir uns teilen.

Doch als ich endlich ins Bett gehe, ist er nicht da. Mein Herz bleibt vor Enttäuschung stehen.

Er schläft wohl in einem der Gästezimmer, was wahrscheinlich auch gut so ist, wenn man bedenkt, wie viel Alkohol wir beide heute Abend getrunken haben.

Betrunken oder nicht, ich will noch eine Nacht mit ihm verbringen.

Ich will alle Nächte, aber ich würde mich auch mit einer begnügen.

* * *

Ich sitze in *meinem Büro* und arbeite an der Öffentlichkeitsarbeit für Luke, als er an den Türrahmen klopft.

»Du kannst einfach reinkommen«, sage ich etwas gereizter, als ich es beabsichtige. »Es ist dein Haus, weißt du.«

»Ich weiß«, sagt er. »Ich wollte nur sagen, dass es mir leidtut wegen gestern Abend.«

»Welcher Teil?«, frage ich ein wenig schnippisch, während mein Blick wieder auf den Bildschirm meines Laptops fällt. Meint er den Teil, in dem er einen Spielautomaten über unser Schicksal entscheiden lassen hat, den Teil, in dem er mich geküsst hat und dann abgehauen ist, oder den Teil, in dem er gesagt hat, er sei nicht gut für mich? Es scheint, dass er sich für vieles entschuldigen muss.

»Alles, aber hauptsächlich, weil ich dich geküsst habe.«

»Mir tut es nicht leid.« Mein Blick wandert zu ihm. »Sonst noch etwas?«

Er seufzt. »Willst du diese Sache immer noch mit mir machen?«

»Erstens, nenn es nicht *Sache*, und zweitens, ich habe keine Ahnung, weshalb, aber klar, warum nicht?«

Seine Augenbrauen heben sich überrascht, als wäre er sich sicher, dass ich einen Rückzieher mache. »Ich verstehe auch immer noch nicht, warum, aber wenn du wirklich an Bord bist, dann werde ich es nicht infrage stellen.«

Ich schaue zu ihm auf und er scheint unschlüssig zu sein, wo er steht, denn sein Blick fällt zum Fenster. »Wolltest du an diesem Automaten gewinnen?«, frage ich.

Sein Blick wandert zu meinem. »Ich habe noch nie verloren«, sagt er leise.

Ich bin froh, dass ich sitze, denn sonst würden meine Knie völlig nachgeben.

»Dann sollten wir es wohl offiziell machen.« Er holt zittrig Luft und sinkt dann auf ein Knie. Er holt etwas aus seiner Tasche, eine kleine Schachtel, und klappt den Deckel auf.

Ich schnappe nach Luft.

Ich sitze immer noch an meinem verdammten Schreibtisch.

»Ellie Nolan, willst du meine Frau werden?«

Von all den Szenarien, die ich mir ausgemalt habe, wenn ich zum ersten Mal einen Ring vom Mann meiner Träume erhalte, war das Vortäuschen eines solchen nie Teil der Geschichte. Auch das Sitzen hinter einem Schreibtisch, während er fragt, hat nicht zur Geschichte gehört.

Und doch sind wir hier.

Ich stehe auf, werde weicher und gehe um den Schreibtisch herum zu der Stelle, an der er kniet.

Ich lächle ihn an. »Das würde ich sehr gern«, sage ich und bin ein wenig erschrocken, wie ernst ich diese Worte meine.

Das kann für mich nur schlechte Nachrichten bedeuten, sobald das alles vorbei ist.

Er schiebt den Stein auf meine Hand und ich kann nicht anders, als ihn etwas näher heranzuziehen, um ihn zu betrachten. Er ist wunderschön und der Diamant ist fast schwer, weil er so groß ist. Viel zu groß.

Aber schön.

Und meiner.

Er ist quadratisch und von kleineren Diamanten umgeben, die in ein Platinband gefasst sind. Er muss ein Vermögen gekostet haben und er funkelt in dem strahlend weißen Büro, in dem wir stehen. Ich weiß jetzt schon, dass ich immer auf die Stelle schauen werde, an der Luke kniet, und an diesen Moment denken werde.

Ich habe einfach keine Ahnung, wie ich mich *fühlen* werde, wenn ich diese Stelle ansehe.

In all den Szenarien, die ich mir für den Moment meiner Verlobung ausgemalt habe, hätte ich auch nie gedacht, dass der Mann, der mir gerade einen Heiratsantrag gemacht hat, die Sache mit einer kurzen Umarmung und einem geflüsterten *Danke schön* besiegeln würde, aber genau das passiert.

»Wann machen wir das?«, frage ich, zum Teil, weil ich Angst habe, meine Meinung zu ändern, wenn ich zu viel Zeit zum Nachdenken habe, und zum Teil, weil ich befürchte, dass *er* seine Meinung ändert. Ich mache einen Schritt zurück und lehne mich gegen den Schreibtisch, denn meine Knie sind immer noch etwas wackelig.

Er steht auf, atmet tief ein und lässt sich dann auf meiner Couch nieder. *Meine Couch.* Die, die er für mich besorgt und in *mein* Büro gestellt hat. Ich bin immer noch ein wenig verblüfft darüber. »Wahrscheinlich, bevor dein Bruder von seiner Hochzeitsreise zurückkommt.«

Ich nicke. Damit haben wir nur noch etwa zweieinhalb Wochen Zeit. Heiliger Strohsack. »Auf jeden Fall. Und wird es eine Hochzeitsfeier geben oder nur eine standesamtliche Trauung im Rathaus?«

»Nun ...«, sagt er und dann stockt er, als hätte er gerade eine Idee gehabt.

»Was?«

»Wir wollen in ein paar Wochen nach Hawaii verreisen. Wie wäre es, wenn wir meine Familie mit einer Hochzeit überraschen, während wir dort sind?«

»Wäre es für dich in Ordnung, als Lüge vor deiner Familie zu heiraten?«

»Es ist keine Lüge, dass wir heiraten werden«, betont er. »Wir *werden* tatsächlich heiraten. Es ist nur die ganze Sache, dass wir uns kaum kennen, die wir aus dem Gespräch heraushalten können.«

Ich presse meine Lippen aufeinander. Wenn er damit einverstanden ist, bin ich es wohl auch.

»Und was, sagen wir den Leuten, ist der Grund für

unsere Eile?«, frage ich und versuche, alle Aspekte zu berücksichtigen, während ich wieder auf meinen Ring hinunterschaue.

Ich kann nicht anders.

»Liebe.« Er sagt das Wort so einfach, dass ich ihm fast glaube.

Mein Blick wandert zu ihm. »Wie lange werden wir verheiratet bleiben?«

Er hebt eine Schulter und ich kann mir nicht helfen, aber ich denke, dass er ein wenig traurig aussieht, wie er da auf der Couch sitzt. Ich verspüre wieder diesen seltsamen Drang, ihn zu umarmen, und obwohl ich seine Frau sein werde, bin ich mir immer noch nicht sicher, ob wir so weit sind. »Ein Jahr? Ich möchte dich nicht länger als ein Jahr an mich binden, aber es sollte mir genug Zeit geben, mit all dem klarzukommen.« Er wedelt mit einer Hand durch die Luft.

Um mit all dem klarzukommen. Deshalb machen wir das hier.

Ich bin mir immer noch nicht ganz sicher, warum ich zugestimmt habe. Ich habe absolut nichts anderes zu tun, was meine Karriere, meinen Wohnsitz oder mein Liebesleben angeht. Wie dem auch sei, in drei Wochen werde ich die Frau von jemandem sein.

Oder weniger.

Leck mich am Arsch, Todd!

Kapitel Zehn

Die Gefühle, die ich jetzt für ihn hege, werden noch verstärkt, als ich ihm die Auswahl an Smokings zeige, die er für unsere Überraschungshochzeit auf Hawaii aussuchen kann. Und es ist körperlich schmerzhaft, als ich durch die Brautkleider blättere und versuche, eine gute Option für das Reiseziel zu finden, die gut reisetauglich und trotzdem perfekt für unseren Tag ist.

Ich verdränge diese Gefühle, ganz, ganz weit weg. Zu ignorieren, dass ich mich in ihn verliebe, ist meine einzige Option.

Er baut die Cornhole-Bretter in seinem Garten auf und fordert mich zu einem Turnier heraus, und da ich nie vor einer Herausforderung zurückschrecke, stimme ich zu.

Das ist mein erster Fehler.

Wie ich vielleicht bereits erwähnt habe, bin ich nicht der koordinierteste Mensch auf der Welt.

Er erklärt mir die Regeln, stellt mich neben das Brett, auf das er seine Bohnensäcke werfen wird, und sagt mir, ich solle meinen Sack auf das Brett werfen, neben dem er stehen wird.

Er erklärt mir, dass das Ziel darin besteht, zu versuchen, mein Bohnensäckchen genau in das Loch zu werfen, und ich nicke ihm zu, da ich dieses Spiel schon einmal gespielt habe und nur nicht wusste, dass es *Cornhole* heißt.

Und mein erster Wurf meines Säckchens in Richtung von Lukes Brett trifft ihn genau in ... nun ja, sein Säckchen.

Er krümmt und fasst sich vor Schmerzen in den Schritt, und ich renne die etwa dreißig Meter durch den Garten, um mich zu vergewissern, dass es ihm gut geht. »O mein Gott, Luke! Es tut mir so leid!« Ich lege meinen Arm unbeholfen um seine Schultern, als er stöhnt und zu Boden fällt, während er sich immer noch festhält.

»Bist du okay?« Ich schreie und weiß nicht, warum ich schreie, außer dass ich vielleicht ein bisschen Panik habe, dass ich ihn tatsächlich verletzt habe.

Er kichert und setzt sich auf, wobei seine Hände seinen Schritt bedecken, und verdammt, ich kann nicht so tun, als wünschte ich nicht, es wären meine Hände dort. »Ich bin ein *bisschen* dramatisch, aber verdammt, Mädchen, du hast einen ganz schönen Wurf.«

Ich schlage ihm auf den Arm und er reibt mit einer Hand die Stelle. »Ich habe mir wirklich Sorgen um dich gemacht.«

»Entschuldigung. Aber im Ernst, wo zum Teufel hast du gelernt, so zu werfen?«

Ich hebe eine Schulter und setze mich neben ihn ins Gras. »Die Kraft oder das Ziel?«

Er lacht. »Ich spreche von der Kraft, denn am Zielen könnte man noch ein wenig arbeiten.«

Ich zucke mit den Schultern. »Von Josh? Ich meine, ich habe offensichtlich keine Ahnung von meiner eigenen Stärke, denn ich dachte wirklich, der würde direkt ins Loch segeln.«

»Vielleicht müssen wir vor der Veranstaltung noch ein wenig üben«, sagt er.

»Apropos, wann willst du die Veranstaltung eigentlich durchführen?«

Er blickt zu mir. »Wenn möglich, vor Beginn der Saison. Wenn nicht, müssen wir warten, bis sie vorbei ist.«

»Vorläufige Recherchen haben ergeben, dass wir die Veranstaltung auch ohne den entsprechenden Papierkram durchführen können, solange wir den Spendern unseren Steuerstatus im Voraus offenlegen.« Ich schlage meine Beine übereinander und zupfe an einem Grashalm.

Endlich lässt er seinen Schritt los und streckt die Beine vor sich aus. »Wir könnten es also nächste Woche machen, wenn wir wollen.«

»Theoretisch ja. Aber denk dran, dass die Frau, die die Veranstaltung vorbereitet, auch eine Hochzeit plant und deine Öffentlichkeitsarbeit leitet und nicht glaubt, dass sie den Stress einer Wohltätigkeitsveranstaltung in einer Woche bewältigen könnte.«

Er lacht. »Wofür zum Teufel bezahle ich dich?«

Es ist ein klarer Scherz und ich kichere. »Wann meldest du dich zum Trainingslager zurück?«

»Ende Juli.«

»Und wie ist es? Können wir sie dann veranstalten?«

Er wirft mir einen Blick zu, als wäre ich wahnsinnig. »Äh, nein.«

»Warum nicht?«

»Es ist anstrengend. Härter als die eigentliche Saison. Hier können wir zeigen, was in uns steckt. Wir kommen um sechs Uhr morgens an und kommen meistens erst um zehn oder elf Uhr abends nach Hause. Ich habe im gesamten August drei, vielleicht vier Tage frei. Da wäre einfach keine Zeit.«

»Dann machen wir es vor dem Trainingslager«, sage ich. »Im ersten Jahr können wir einen Probelauf nur mit den

Leuten aus deinem Umfeld machen, und im nächsten Jahr können wir eine große Aktion planen.«

Er klemmt seine Unterlippe zwischen die Zähne, und Gott, ich wünschte, ich könnte diese Lippe zwischen *meine* Zähne klemmen, und dann nickt er. »Okay. Lass es uns machen.«

Ich schnappe mir den Kalender, wir wählen ein Datum, das auf das Wochenende vor Beginn des Trainingslagers fällt … und dann mache ich mich an die Arbeit.

* * *

»Ein bisschen näher«, sage ich, und sein Körper ist fast an meinen gepresst.

O ja, Baby. Genau hier.

Ich versuche, nicht zu seufzen, als ich mit der Fernbedienung in meiner Hand ein Foto von uns beiden mache. Mein Handy steht auf einem Stativ ein paar Meter von uns entfernt. Hinter uns sind die Palmen, die seinen Pool umgeben, dahinter die Berge, und die Sonne steht im perfekten Winkel, während sie untergeht. Wir lächeln im Hintergrund dieses Fotos, während ich meinen Ring in die Kamera halte, nachdem ich mich heute Morgen frisch manikürt habe.

»Jetzt küssen wir uns«, sage ich und drehe mich zu ihm um.

Jede Ausrede, um diese Lippen wieder auf meine zu bekommen, ist mir recht.

Das ist allerdings für meinen Job. Ich muss ein bisschen Werbung machen, um zu zeigen, dass er in mich verliebt ist, um ihn so aussehen zu lassen, als ob er auf sein Happy End zusteuert, und dass er wirklich verlobt ist, um Leute wie Savannah zum Schweigen zu bringen. Ein Ringfoto zu posten scheint ein guter Anfang zu sein.

Er berührt meine Lippen mit seinen und ich verliere mich wieder so sehr in dem Gefühl seines Mundes auf meinem, dass ich fast vergesse, auf die Fernbedienung zu drücken.

Er hört zuerst auf, und ich wende mich ab und gehe zu meinem Handy, um unsere Arbeit zu überprüfen. Ich tue so, als wäre ich von seinem Kuss nicht angetan ... aber das bin ich.

Ich bin davon *total* angetan.

Ich wünschte, er würde genauso fühlen. Ich wünschte, ich könnte verstehen, warum er so hartnäckig ist, dass es zwischen uns nicht funktionieren kann, denn je mehr Zeit ich mit ihm verbringe, desto überzeugter bin ich, dass es funktionieren *würde*.

Ich habe in dem kurzen Fenster, das mir zur Verfügung stand, dreimal auf die Schaltfläche geklickt, und mir gefallen alle drei Optionen. Es ist nicht möglich, die beste zu wählen. Wenn ich später diese drei Bilder betrachte und versuche, zu entscheiden, welches ich posten soll, wird das bestimmt nicht der schlimmste Teil meines Tages sein.

Aber vielleicht wird es das. Ich tue mir hier nur selbst weh. Ich habe die Möglichkeit, zu gehen, aber wenn ich darüber nachdenke, scheint sich mein Magen zu verknoten. Vielleicht ist das eine Möglichkeit, denn das ist *immer* eine Möglichkeit, aber ich bin nicht bereit, sie zu ergreifen. Jetzt, da ich Luke Dalton kennengelernt habe, möchte ich ein Teil seines Lebens sein.

Auch wenn ich dabei verletzt werden muss. Es muss mir genügen, nur ein Spieler in diesem Spiel zu sein. Nun, das gepaart mit der Hoffnung, dass es ihm eines Tages genauso gehen wird wie mir.

Die Zeit scheint wie im Flug zu vergehen zwischen der Arbeit an der Gründung einer Wohltätigkeitsorganisation, der Planung einer Hochzeit und der Öffentlichkeitsarbeit für einen Prominenten – einen Prominenten, der übrigens wegen dieser Baby-News im Rampenlicht steht –, und plötzlich ist es der Abend vor unserer Abreise nach Hawaii.

Ich war tagelang shoppen und habe es geschafft, alle Outfits zu besorgen, die ich für eine Hochzeit und für den Spaß in der Sonne brauche ... und sogar ein Negligé *für den Fall,* dass sich die Gelegenheit in der Hochzeitsnacht ergeben sollte. Oder in jeder anderen Nacht unserer Reise.

Wir haben uns mit dem Anwalt getroffen, und der Papierkram wurde unterzeichnet. Wir haben sogar unsere Heiratsurkunde bekommen, sodass wir legal verheiratet sind, sobald die Zeremonie vollzogen ist. Es ging alles unglaublich schnell und jetzt ist es Zeit zu packen.

Das Hochzeitskleid ist in einem Kleidersack zusammen mit ein paar anderen Kleidern, die ich mitnehmen werde, und es hängt mit offenem Reißverschluss auf meiner Seite des Schranks, als Luke hereinkommt.

Ich springe von meinen Knien auf, begutachte meine Kleidung und schließe den Reißverschluss des Beutels.

Er lacht. »Ich glaube nicht, dass es Unglück bringt, das Kleid vor der Hochzeit zu sehen, wenn es ein Fake ist.«

Ich schürze die Lippen. »Das mag zwar stimmen, aber ich möchte das Schicksal nicht herausfordern.«

»Wie du willst.« Er schnappt sich einen Koffer aus dem obersten Regal und fängt an, Kleidung hineinzuwerfen. Während ich für jeden Tag ein Outfit auf dem Schrankboden neben meinem Koffer liegen habe, wirft er buchstäblich nur eine Handvoll Shirts, ein paar Shorts, ein paar Badehosen und Jeans hinein.

»Vergiss deinen Hochzeitssmoking nicht«, erinnere ich ihn und er nickt in Richtung eines Kleidersacks, der ähnlich wie meiner auf seiner Seite des Schranks hängt. Ich lasse mich vor meinen Kleidern wieder auf die Knie sinken, staple drei Outfits, die ich auf jeden Fall mitnehmen werde, und lege sie vorsichtig in meinen Koffer.

»Fertig.« Er schweigt einen Moment, während er die Kleidung ordnet, die er in sein Gepäck geworfen hat, und fragt dann: »Bist du bereit für all das?«

Ich drehe mich um und stelle fest, dass er auf dem Boden sitzt und mich beobachtet, während ich meine Kleidung sortiere. Er lehnt am Regal auf seiner Seite.

Ich lehne mich zurück und stütze mich gegen mein eigenes Regal, direkt gegenüber von ihm. Wir sind vielleicht keine zwei Meter voneinander entfernt und es kommt mir zu weit vor. »Bereit wofür? Die Frau von Luke Dalton zu sein?«, necke ich ihn mit einem Lächeln.

Er hebt eine Schulter und lächelt nicht, wie ich es erwartet hätte. »Meine Familie kennenlernen. Heiraten. Den Medienrummel, der sicher folgen wird.«

Mein Lächeln verblasst. »Wie ist deine Familie so?« Ich habe hier und da etwas mitbekommen, aber ich kenne Luke nicht wirklich gut ... und doch habe ich zugestimmt, ihn zu heiraten. »Da bin ich ein wenig im Nachteil, denn du kennst meine Familie ziemlich gut.«

Er schenkt mir ein trauriges, etwas hohles Lächeln, ein seltener Einblick in seine Gedanken. »Manchmal wünschte ich, ich wäre in eine Familie wie die deine hineingeboren worden.«

Ich runzle die Stirn. »Wirklich?«

»Ja.« Sein Ton ist ein wenig wehmütig. »Wir stehen uns nicht nahe. Ich wünschte, ich hätte die Art von Dynamik, die du und Josh teilt.«

»Hast du nicht gesagt, dass Kaylee dir ein paar Mal in der Woche schreibt?«, frage ich und erinnere mich an eines der wenigen Male, die er über seine Familie gesprochen hat.

»Ja, aber sie ist ein Jahrzehnt jünger als ich. Sie ist auf dem College und ich arbeite schon seit fast zehn Jahren. Bis vor ein paar Monaten war sie nicht einmal alt genug, um mit mir in eine Bar zu gehen und etwas zu trinken, und ich war verheiratet und geschieden und heirate jetzt wieder.« Er atmet aus und schüttelt den Kopf. »Wir befinden uns einfach in sehr unterschiedlichen Lebensabschnitten.«

»Das heißt aber nicht, dass ihr euch nicht nahe sein könnt«, betone ich.

»Ich weiß«, gibt er leise zu. Er zupft an dem Plüschteppich und mir fällt auf, dass es irgendwie seltsam ist, mit ihm in seinem Schrank ein so tiefes Gespräch zu führen. »Ich gebe mir einfach nicht die Mühe. Es ist einfacher, mich abzuschotten.«

»Sogar von ihnen?«, frage ich sofort, auch wenn ich merke, dass er sich mir gegenüber gerade öffnet, obwohl es in seiner Natur liegt, sich zu verschließen. Der Gedanke lässt meine Brust vibrieren.

»Besonders von ihnen. Kaylee und meine Mom stehen sich nahe. Jack und mein Dad stehen sich nahe. Kaylee würde mit jeder Kleinigkeit über mich zu meiner Mom laufen, meine Mom würde es meinem Dad erzählen, und Jack würde es erfahren. Das ist dummer Familienpolitik-Bullshit. Ich kann in ihrer Gegenwart nicht ich selbst sein. Ich muss eine Show abziehen.«

»Das ist furchtbar. Es tut mir so leid«, sage ich und meine es ernst. Ich kann mir nicht vorstellen, so eine Beziehung mit Josh zu haben. Er ist mein bester Freund, und er hat meine beste Freundin geheiratet, und ich liebe sie beide so sehr. Ich bin so dankbar, dass ich sie in meinem Leben habe.

Aber jede Familie ist anders, und manchmal frage ich mich, wie meine Beziehung zu Josh aussehen würde, wenn noch ein weiteres Geschwisterchen auf der Bildfläche wäre.

Würden wir uns alle drei nahestehen? Oder würde sich einer von uns immer ausgeschlossen fühlen? Luke scheint sich von seiner eigenen Familie ausgeschlossen zu fühlen, auch wenn er das nicht wirklich zugegeben hat.

»Warum willst du nicht, dass Jack die Dinge erfährt?«

»Jack ist ...« Er verstummt, während er nach den richtigen Worten sucht. »Er ist kompliziert. Er ist der Typ, der immer seinen Willen durchsetzt, und das hat mir mehr als einmal das Genick gebrochen.«

Ich bin neugierig darauf, mehr darüber zu erfahren, aber ich möchte ihn nicht unterbrechen, wenn er gerade dabei ist, sich mir zu öffnen. Ich habe Jack noch nicht einmal getroffen und ich mag ihn schon jetzt nicht aufgrund der wenigen Dinge, die Luke gesagt hat. Ich hoffe nur, dass ich meine Gefühle für mich behalten kann, wenn wir uns in ein paar Tagen treffen.

»Wie sieht ein typischer Dalton-Familienurlaub aus? Was kann ich erwarten?«

Er zuckt mit den Schultern. »Wir treffen uns normalerweise am ersten Abend zum Abendessen, und dann kommt es darauf an. Da dies Kaylees Entscheidung war, darf sie sich ein paar Familienausflüge aussuchen, und der Rest ist normalerweise Freizeit. So wie ich meine Schwester kenne, schätze ich, dass wir Dinge wie Dinner-Kreuzfahrten bei Sonnenuntergang und alle typischen Touristenfallen, die wir finden können, mitnehmen werden.«

Langsam werde ich ein wenig nervös wegen der Begegnung mit seiner Familie ... und dem, was diese Reise für uns bereithält.

Kapitel Elf

Der Wagen hält vor unserem Hotel und ich kann durch die offene Lobby direkt auf den Strand hinaussehen. Die weißen Marmorböden gepaart mit massiven Bögen, herrlicher Vegetation und einem riesigen Springbrunnen in der Mitte der Lobby sagen mir, dass dieses Hotel eine paradiesische Oase ist ... und ich darf sie die nächsten zehn Tage genießen. Und zwar mit dem Kerl, in den ich total verknallt bin und sogar heiraten werde, während ich hier bin – mit dem Kerl, der meine Gefühle nicht erwidert, obwohl wir diese eine spektakulär heiße Nacht miteinander verbracht haben.

Ich seufze, als das alte Klischee einer Warnung meine Gedanken heimsucht. *Sei vorsichtig, was du dir wünschst.* Ich habe mir einen One-Night-Stand gewünscht. Klar, das habe ich bekommen ... aber irgendwie habe ich auch einen Mitbewohner, einen Chef und einen Verlobten bekommen. Lustig, wie das geklappt hat.

Und in ein paar Tagen werde ich meine zukünftigen Schwiegereltern kennenlernen. Ich werde so tun müssen, als wären wir beide so verliebt, obwohl dies nichts weiter als ein PR-Stunt ist. Mir schmerzt die Brust bei dem Gedanken.

Als wir aus dem Auto steigen, werden wir sofort mit frischen Orchideen geschmückt. Wir checken ein und gehen in unser Zimmer – übrigens eine Ecksuite mit Rundumblick, aber im Gegensatz zu der in Vegas mit einem separaten Schlafzimmer. Ich werfe einen kurzen Blick aus dem Fenster auf unsere Strandaussicht, während ich gegen die Erinnerung an meine Hände kämpfe, die gegen das Glas gepresst wurden, als er mich von hinten nahm.

Die Aussicht ist anders, aber das Verlangen ist das gleiche. Ich wollte ihn in dem Hotelzimmer in Vegas, als er nichts weiter als ein Fremder war, und ich will ihn jetzt noch mehr, nachdem ich ein paar Wochen Zeit hatte, ihn kennenzulernen.

Ich verliebe mich in ihn.

Eigentlich ist das nicht wahr. Es ist sogar noch schlimmer. Ich *habe* mich in ihn *verliebt*.

Ich drehe mich vom Fenstern weg und stoße direkt mit Luke zusammen.

»Uff«, murmle ich, und er packt meinen Oberarm, um mich zu stützen. »Tut mir leid. Ich wusste nicht, dass du direkt hinter mir stehst.«

Ich blicke zu ihm auf und unsere Augen treffen sich. Seine Augen funkeln mich an, während er leise kichert. »Schöne Aussicht«, sagt er, seine Augen immer noch auf mich gerichtet.

Zwischen uns herrscht eine hitzige Stille, die von sexueller Spannung geprägt ist. Oder bilde ich mir das nur ein?

Schließlich blinzelt er zum Fenster und ich entziehe mich seinem Griff, weil ich es muss. Ich war nur Sekunden davon entfernt, meine Hand um seinen Hals zu legen und ihn zu mir zu ziehen. Nur Sekunden davor, mich nackt auszuziehen, meine Hände an die Scheibe zu pressen und meinen Hintern herauszustrecken, damit er mich wieder nehmen kann.

Okay, es wird also warm hier drinnen. Ich gehe zur Klimaanlage und stelle sie kühler, dann stülpe ich mir meinen Blumenkranz über den Kopf und lege ihn auf den Tisch. Ich schaue auf mein Handy und dann wieder zu Luke, der gedankenverloren auf das Wasser starrt.

»Was beschäftigt dich?«, frage ich leise.

Meine Stimme scheint ihn aus seinen Gedanken zu reißen. Er wendet sich vom Fenster ab und mir zu. Er atmet aus und schenkt mir ein kleines Lächeln. »Nichts. Wann ist unser Treffen mit der Hochzeitskoordinatorin?«

Ich schaue auf die Uhr. »Wir haben eine Stunde Zeit.«

»Hast du Hunger?«, fragt er.

Ich hebe eine Schulter. »Nicht wirklich.« Immerhin muss ich in ein paar Tagen in ein Hochzeitskleid passen.

»Ich auch nicht«, murmelt er. »Willst du das Hotel erkunden?«

Ich nicke und wir machen einen Rundgang über das Gelände. Dieses Resort wurde zur besten Luxusunterkunft auf Maui gewählt und bietet sechs Restaurants, vier Bars und drei Pools. Es liegt direkt am Polo Beach und wir laufen in dem prächtigen, luxuriösen Hotel herum, bevor wir unsere Schuhe ausziehen und durch den Sand laufen. Um uns herum sonnen sich die Leute, denn es ist kurz vor drei Uhr nachmittags, und bald werden sie ins Hotel gehen, um zu duschen und sich für einen romantischen Abend vorzubereiten.

Ich möchte nach seiner Hand greifen, denn ein Strand hat für mich *immer* etwas Romantisches an sich ... aber das alles hier ist nur zum Schein. Ich kann in ein paar Tagen seine Hand nehmen, wenn seine Familie uns beobachtet. Es besteht zwar immer die Möglichkeit, dass irgendwo Paparazzi auftauchen, aber im Moment sind wir nur zwei Menschen, die Seite an Seite am Strand entlanglaufen.

Wir gehen zum Meer und tauchen unsere Füße hinein. Das Wasser ist wärmer, als ich erwartet habe, aber ich habe in letzter Zeit gelernt, dass meine Erwartungen selten der Realität entsprechen.

Wir waschen unsere Füße und gehen zurück in die Lobby, wo wir Alana, unsere Hochzeitsplanerin, treffen sollen.

»Luke und Ellie?«, fragt eine Frau mit langem dunklen Haar und einem blumengemusterten Kleid. »Ich bin Alana«, sagt sie, als wir beide zu ihr blicken, und ich kann nicht anders, als beim Klang unserer beiden Namen nebeneinander zu schmachten.

Ellie Dalton.

Hätte ich ein Notizbuch und einen pinkfarbenen Gelstift und wäre ich zehn Jahre jünger, würde ich meinen neuen Namen und Herzen auf die ganze Seite kritzeln.

»Woher wusstest du, dass wir es sind?«, fragt Luke.

»Ihr strahlt so, als ob ihr bald verheiratet wärt«, sagt sie warmherzig, und obwohl dieser Kommentar süß gemeint ist, macht er mich einfach nur traurig.

Luke lacht und ich lächle.

»Fangen wir damit an, wo eure Zeremonie stattfinden wird«, sagt sie und wir unterhalten uns kurz mit ihr, während wir ihr zu dem Strand folgen, von dem wir gerade gekommen sind. Sie zeigt uns das Gelände und erklärt uns, wie alles aufgebaut sein wird und wie wir für unsere Zeremonie Privatsphäre haben werden.

»Die Braut wird hier stehen«, sagt sie, stellt sich auf ihren Platz und macht mir ein Zeichen, zu ihr zu kommen, denn ich bin die *Braut*.

Es ist alles mehr als nur ein bisschen surreal. Vor gefühlten fünf Minuten war ich noch mit jemand anderem zusammen und plötzlich heirate ich diesen Mann, den ich seit vier Minuten kenne. Was zum Teufel mache ich?

»Der Bräutigam kommt hierher«, sagt Alana und Luke stellt sich neben mich.

»Nimm ihre Hände in deine, Luke!«, weist sie ihn an und er tut es.

»Manny wird euch eure Gelübde abnehmen und er wird hier stehen, wo ich bin«, sagt sie. »Eure einzige Aufgabe wird es sein, euch an den Händen zu halten und euch in die Augen zu schauen, während ihr seinen Worten lauscht, ihm eure Gelübde nachsprecht, und dann seid ihr Mann und Frau.«

Lukes Augen sind auf meine gerichtet, während sie spricht, und mein Herz klopft wie wild. Er tut es nur, weil sie es uns sagt, aber ein Mädchen kann sich trotzdem wünschen, dass mehr dahintersteckt, oder?

Alana zeigt uns das Restaurant, in dem wir unser Probeessen haben werden, und ein weiteres Restaurant, in dem wir unsere Hochzeit mit Lukes Familie abhalten werden, um unsere neuen Titel als Mann und Frau zu feiern. Sie nimmt uns mit in ihr Büro, wo wir alle Details durchgehen, und dann sind wir fertig, und obwohl ich mich freuen sollte, dass es in ein paar Tagen geschieht, fühle ich mich stattdessen ... leer.

Meine Familie ist nicht zum Feiern hier.

Ich habe hier nicht einmal Freunde. Die einzigen Leute, die unserem Eheversprechen beiwohnen werden, sind Leute, die er eigentlich gar nicht bei seiner Hochzeit dabeihaben will.

»Hast du jetzt Hunger?«, fragt Luke, als wir im Flur stehen und ich überlege, ob ich ihm meine Gedanken mitteilen soll. »Der Ort, an dem unsere Hochzeitsfeier stattfinden wird, sah ziemlich gut aus.«

»Okay«, sage ich und wir gehen in diese Richtung.

Die Kellnerin setzt uns in eine ruhige Sitzecke, und nachdem wir beide einen Blick auf die Speisekarte geworfen und unsere Getränkebestellungen aufgegeben haben, blickt er über den Tisch zu mir. »Du bist so still, seit Alana uns gesagt hat, wo wir bei unserer Hochzeit stehen sollen. Geht es dir gut?«

Ich hebe eine Schulter und schaue weg, dann nehme ich mein Weinglas in die Hand, um etwas mit meinem Mund zu tun zu haben, anstatt zu antworten.

»Wenn du es dir anders überlegt hast, ist es in Ordnung, einen Rückzieher zu machen«, sagt er leise. »Ich weiß, wir haben den Papierkram unterschrieben, aber wir *müssen* das nicht tun.«

Ich ziehe eine Augenbraue hoch. »Hast *du* es dir anders überlegt?«

»Bereits einmal ... zweimal ... dreimal.« Seine Stimme ist leise, während er offen spricht. »Ich habe das von Anfang an für keine gute Idee gehalten, aber ich weiß nicht, wie ich Michelle und Savannah sonst dazu bringen soll, sich zurückzuhalten und auch Calvin zu beschwichtigen, um ihm und der Welt zu zeigen, dass ich kein geiler Playboy bin, der sein kleines Mädchen verarscht.«

Ich muss über seine Einschätzung lachen, aber so richtig lustig ist das Ganze eigentlich nicht. »Es fühlt sich einfach seltsam an, dass niemand von meiner Familie hier ist«, gebe ich zu. »Wird das nicht irgendwie seltsam aussehen?«

Er schüttelt den Kopf. »Wir machen diesen Familienausflug jedes Jahr und wir machen ihn als Überraschung. Können wir es nicht einfach so drehen, dass wir es geheim halten wollten, damit es für uns beide privat bleibt?«

»Wir können es drehen und wenden, wie wir wollen. Ich schätze, das ist die Richtung, die ich sowieso gehen wollte«, sage ich, aber seine Worte sind nur eine weitere Erinnerung daran, dass das alles nur Show ist.

Einen Moment lang herrscht Schweigen zwischen uns, während er einen Schluck Bier nimmt und dann sagt: »Danke für alles, was du für mich machst. Ich möchte nur, dass du weißt, dass du immer einen Ausweg hast.«

»Ich weiß«, sage ich leise und denke an den Vertrag, den der Anwalt aufgesetzt hat. Er schützt natürlich sein Vermögen, aber er schützt auch mich. Luke hat das ausdrücklich so gewollt, und das war nur ein weiterer Punkt, der ihn eindeutig in die Kategorie des *Prinzen* fallen gelassen hat.

Der Kellner kommt mit etwas Brot und ich beschäftige meine Hände, indem ich eine Scheibe in Stücke reiße. »Warst du schon einmal auf Hawaii?«, frage ich, um das Thema zu wechseln.

Er nickt. »Savannah und ich waren in den Flitterwochen hier. Aber nicht auf Maui. Wir sind nach Oahu gereist.«

»Wie war es?«

»Schöne Strände, aber ein ganz anderes Tempo als hier. Maui wirkt eher ... ich weiß nicht. Entspannend. Wir waren in Honolulu und es hat einfach mehr von einer geschäftigen Stadtatmosphäre, sogar direkt am Strand. Shopping, Trubel ... das ist der Stil von Savannah.«

»Was ist dein Urlaubsstil?«

»Ich mag eine Mischung aus Abenteuer und Entspannung.«

»Was für eine Art von Abenteuer?«

Er zuckt mit den Schultern. »Quads, Schnorcheln, Tauchen, Ziplines, Reiten. Jede Art von Tour, bei der ich etwas über den Ort, den ich besuche, lernen kann. Was ist dein Urlaubsstil?«

»Ich entspanne lieber am Strand, aber ich bin immer für ein Abenteuer zu haben. Nicht so ein Adrenalin-Junkie-Zeug wie Quads und Ziplines, und schon gar nicht Reiten, sondern Touren oder Dinner-Kreuzfahrten. Ich habe von einem U-Boot-Ausflug hier auf Maui gelesen und da gibt es diesen schwarzen Strand, den ich mir gern ansehen würde«, sage ich.

»Warum nicht Reiten?«

Ich kneife die Augen zusammen und halte die Hände hoch. »Du hast mich schon zu einem Footballfan gemacht, aber beim Reiten muss ich ein Machtwort sprechen. Ich *hasse* Pferde.«

Er lacht. »Warum?«

Meine Wangen werden heiß. »Ich bin von einem gefallen, als ich jünger war. Ich habe wohl nie die Angst überwunden, dass es mich zertrampeln würde.«

Er zieht die Brauen zusammen, und das ist ein seltener ernster Moment für das sonst so fröhliche Mädchen, das ich bin. Er greift über den Tisch und drückt meine Hand. »Wir müssen nicht reiten gehen. Es gibt viele andere Ausflüge, die wir planen können, bevor meine Familie hier ist.«

Mein Herz zieht sich zusammen, als er seine Hand langsam von meiner löst, aber ich tue so, als würde ich es nicht spüren. »Ich bin mir sicher, dass die Ausflüge auch eine tolle Kulisse für Thirst Traps bieten«, sage ich und versuche, professionell zu sein, denn wenn ich es nicht tue, könnte ich verraten, was ich für diesen Kerl zu empfinden beginne.

Er kichert. »Wir sind im Urlaub, Babe. Lass uns einfach ein bisschen Spaß haben.« Er nippt an seinem Bier und ich trinke meinen Wein, und meine Güte, ich bin echt in Schwierigkeiten.

Kapitel Zwölf

Seine Seite des Bettes ist leer, als ich aufwache, und das Schlafzimmer unserer Suite ist noch dunkel, weil die schweren Vorhänge das Sonnenlicht abschirmen. Ich putze mir die Zähne und gehe auf die Toilette, dann mache ich mich auf die Suche nach meinem Verlobten.

Der Hauptwohnbereich unserer Suite ist in Sonnenlicht getaucht und ich entdecke Luke auf dem Balkon, wie er mit einer Tasse Kaffee in einem Sessel sitzt und auf das Meer hinausschaut. Ich mache ein Foto von drinnen. Es ist vielleicht keine Thirst Trap, aber ich halte die Aussicht für wunderschön.

Ich nehme mir selbst eine Tasse Kaffee aus der kleinen Kanne, die er gekocht hat, und gehe zu ihm auf den Balkon. »Guten Morgen«, sage ich und schiebe die Schiebetür zu. Ich setze mich auf den freien Stuhl neben ihm.

»Morgen«, sagt er. Seine Augen sind von einer Sonnenbrille beschattet.

»Gut geschlafen?«

Er zuckt mit den Schultern. »Klar. Und du?«

»Jep.« Ich nehme einen Schluck Kaffee und frage mich, warum sich die Dinge zwischen uns heute Morgen ein wenig unangenehm anfühlen, aber dann erinnere ich mich daran, dass wir uns kaum kennen, und vielleicht ist er nur so am Morgen im Urlaub. »Bist du bereit, dass deine Familie kommt?«

Er kichert. »Nein, ganz und gar nicht. Ich bin dankbar für die nächsten zwei Tage, die wir tatsächlich Urlaub haben, bevor die politischen Familienkämpfe beginnen.«

Ich schweige darauf.

»Es wird schön sein, Kaylee zu sehen«, räumt er ein. »Eine Woche ist einfach eine lange Zeit.«

»Wenigstens hast du mich«, sage ich mit einem breiten, schiefen Grinsen und er lacht.

»Da hast du recht. Du bist in den letzten Wochen sozusagen in die Rolle meines besten Freundes geschlüpft.«

»Das gilt auch für dich, Hot Luke.« Meine Augen weiten sich, als ich ihn mit dem Spitznamen anspreche, den ich normalerweise für meine inneren Gedanken reserviere.

Er sieht mich an, sagt aber nichts, bevor er seinen Blick wieder auf das Wasser richtet. Ich wünschte, ich wüsste, was er denkt, aber ich weiß *nie*, was er denkt.

Ich räuspere mich unbeholfen. Sein ruhiges Verhalten und seine Nachdenklichkeit bringen mich heute Morgen aus der Fassung. »Willst du frühstücken oder so?«, frage ich schließlich.

Anstatt meine Frage zu beantworten, stellt er eine eigene Frage. »Warum heiratest du mich?«

Ich drehe mich zu ihm um, aber er hält seinen Blick auf das Wasser gerichtet.

Ich bin einen Moment still, bevor ich antworte. »Du gibst mir einen Platz zum Leben. Du bist mein Chef. Du bist ein guter Kerl, Luke, auch wenn du so tust, als wärst du's nicht.

Du bist der beste Freund meines Bruders. Und du wirst *mein* bester Freund. Meine Aufgabe ist es, dein Image aufzupolieren, und ich bin mit Leib und Seele bei der Sache.«

Und ich verliebe mich in dich und ich glaube, du verliebst dich auch in mich, aber du hast zu viel Angst, es zuzugeben, also stößt du mich weg, aber vielleicht kann ich dir im Laufe des nächsten Jahres zeigen, wie gut wir zueinanderpassen.

Den letzten Teil lasse ich natürlich aus.

Er presst die Lippen aufeinander und nickt. »Danke.«

Ich weiß nicht genau, wofür er sich bei mir bedankt – ob für meine Erklärung oder dafür, dass ich diese Hochzeit durchziehen werde –, aber ich sage: »Gern geschehen.«

»Möchtest du einfach hier oben essen?«, fragt er. »Die Aussicht ist unschlagbar.«

Ich brauche nicht einmal einen Blick auf das Wasser zu werfen, wohin er schaut. Stattdessen halte ich meinen Blick auf ihn gerichtet. »Da hast du sicher recht«, murmle ich.

»Such dir aus dem Zimmerservice-Menü aus, was du möchtest, und ich gebe die Bestellung auf.«

Eine halbe Stunde später werden unsere Omeletts und der Speck geliefert.

»Keine Lucky Charms?«, frage ich.

»Nicht einmal auf der Speisekarte.« Er schüttelt den Kopf und rollt mit den Augen. »Was für ein zweitklassiger Laden ist das denn?«

Ich lache, während wir den Blick auf das Wasser richten und Small Talk halten. Heißer Kaffee steht in einer Karaffe auf dem Tablett, und ich kippe die Flasche Wodka, die ich in unserem Zimmer gefunden habe, in meinen Orangensaft.

Er hält auch sein Glas hoch. »Ich schließe mich an, zukünftige Frau«, sagt er leichthin und ich kichere, während ich einschenke.

»Was willst du heute machen?«

»Das wollte ich dich auch gerade fragen«, sagt er. »Du zuerst.«

»Ich würde mich an den Strand legen und mich im Meer treiben lassen, oder wir könnten zu dem schwarzen Strand gehen, von dem wir gesprochen haben. Was ist mit dir?« Ich nippe an meinem Wodka. Ja, das stimmt. Mein Orangensaft ist weg, jetzt gibt es nur noch Wodka pur. Ich bin im Urlaub.

»Wie wäre es, wenn wir heute tun, was du willst, und morgen, was ich will?«, fragt er. Er kippt auch etwas Wodka in sein leeres Orangensaftglas.

»Und am nächsten Tag treffen wir deine Familie?«

»Ja«, murmelt er. »Ich schätze, wir machen besser beide Tage, was du willst.«

Ich lache. »Ich bin ganz für Chancengleichheit. Was steht morgen auf dem Programm?«

»Das wirst du wohl morgen herausfinden.« Er hebt eine Augenbraue, während er mich ansieht, und ich schürze die Lippen. Dann zucke ich mit den Schultern, trinke noch einen Schluck Wodka und gehe schnell duschen, während Luke unsere Tour bucht.

Als ich wieder auftauche, wartet Luke mit einem Rucksack auf mich. »Unsere Tour ist gebucht, und zwar für den ganzen Tag, also müssen wir unseren Hintern nach unten bewegen, denn unser Reiseleiter wartet schon auf uns.«

»Das ging schnell.«

Er lächelt. »Sie konnten uns in letzter Minute noch einen Platz verschaffen, wir hatten also Glück.«

Ich kann mir nicht helfen, aber ich frage mich, ob wir Glück hatten oder ob es an Luke liegt... Geld regiert die Welt, und Luke weiß, wie sehr ich den schwarzen Sand sehen will.

Unser Reiseleiter, Marcus, liebt offensichtlich alles an Hawaii. Er erzählt uns begeistert von der Road to Hana, die wir auf unserer privaten Jeep-Tour durch die Kurven in Richtung der historischen Stadt Hana befahren. Die Fahrt dauert etwa fünf Stunden und wir halten an verschiedenen Stränden auf dem Weg ... darunter der schwarze Sandstrand Wai'anapanapa.

Es ist kein weicher, feiner Sand, wie wir ihn von Stränden gewohnt sind, sondern es sind kleine schwarze Kiesel und Felsen, die von den Vulkanen geformt wurden. Marcus klärt uns über die Geschichte der Gegend auf, wir knipsen eine Million Fotos voneinander und dann fahren wir zurück zum Hotel – weitere fünf Stunden im Jeep, und als wir zurückkommen, ist es kurz nach neun Uhr abends.

Wir sind beide erschöpft von der frischen Luft und davon, den ganzen Tag im Auto zu sitzen, aber während Luke duscht und bevor ich einschlafe, betrachte ich die Bilder, die ich von ihm gemacht habe. Ein paar markiere ich als Favoriten und potenzielle Thirst Traps für Instagram, aber eigentlich schaue ich mir nur sein Lächeln an.

Auf den ersten Bildern von heute Morgen fängt es klein an.

Als wir den schwarzen Sand erreichten, war es schon breiter.

Und als wir unseren letzten Halt erreicht haben und die Sonne untergegangen ist, war es ein echtes, glückliches Lächeln.

Er wird lockerer, während wir einen gemeinsamen Rhythmus finden. Wir haben den ganzen Tag zusammen verbracht, die Landschaft genossen, über die verrückten Dinge gelacht, die aus Marcus Mund gekommen sind, und uns besser kennengelernt. Ich bin mir noch nicht ganz sicher, ob wir uns als Freunde oder als Paar kennengelernt haben, aber es fühlt sich auf jeden Fall wie Letzteres an.

Heute hat es Momente gegeben, in denen ich gedacht

habe, er würde mich küssen, aber dann ist er zurückgewichen. Es hat Momente gegeben, in denen ich den Drang hatte, seine Hand zu ergreifen, aber ich habe es nicht getan. Wir kommen dieser imaginären Linie immer wieder so nahe, und dann machen wir beide einen Rückzieher. Ich weiß nicht, warum *er* zurückweicht, aber ich weiß, warum ich zurückweiche.

Ich habe Angst, dass er mich zurückweist, wie er es schon einmal getan hat. Ein Mädchen kann es nur eine gewisse Zeit lang versuchen, bevor sie den Wink versteht und aufhört, und ich bin fast an diesem Punkt.

Ich mag mich in ihn verlieben, aber er sendet ständig Signale, dass ich die Einzige bin. Bevor ich also einen Weg hinunterfalle, von dem ich nie wieder aufstehen kann, bevor ich mich emotional zu sehr auf ihn einlasse ... muss ich aufhören. Ich muss mich langsam zurückziehen, oder ich werde mich verbrennen. Tatsächlich beginnt die Hitze bereits zu schwelen. Es wird nicht lange dauern, bis sich diese Hitze in eine Flamme verwandelt, die die Macht hat, mich zu verbrennen.

* * *

Zwei Tage in der Sonne haben uns beide ausgepowert. Wir sitzen beide erschöpft am Tisch, als wir im selben Restaurant essen, in dem in ein paar Tagen unser Probeessen stattfinden wird.

Die Tage mögen anstrengend gewesen sein, aber sie haben auch Spaß gemacht. Aufregend. Abenteuerlich. Gefüllt mit schönen Dingen – und ich spreche nicht nur von der Landschaft, obwohl die meinen Augen sicherlich viel Freude bereitet hat. Wir haben kleine Momente geteilt, die uns beide nur noch mehr verbunden haben. Wir haben Erinnerungen geschaffen, Dinge, die wir mitnehmen können, auch wenn das alles vorbei ist. Und dieser Gedanke lässt mich heute Abend ein wenig wehmütig werden.

Aber ich setze die Maske auf. Ich tue weiterhin so, als wäre das eine gute Idee. Aber je mehr Zeit ich mit Luke verbringe, desto mehr kann ich mir *das* als unsere Zukunft vorstellen. Ich sehe Jeep-Touren und Quads auf Maui, oder Bergsteigen oder Skifahren oder Entspannen an anderen Orten, die wir besuchen.

Ich sehe heiße Tage und schweißtreibende Nächte, abenteuerliche Ausflüge, gefolgt von Fäusten, die Laken ballen, und Fingerabdrücken auf den Fenstern.

»Quad oder Zipline?«, fragt er und unterbricht meine inneren Gedanken. »Was hat dir besser gefallen?«

»Ich werde nie wieder Zipline machen«, murmle ich. »Ich kann immer noch nicht glauben, dass du mich dazu überredet hast.« Er ist sehr überzeugend gewesen. Die Tatsache, dass er sein Shirt ausgezogen hat, könnte auch etwas damit zu tun haben. Verdammt, ich könnte sogar noch etwas Verrückteres machen wie Bungee-Springen von einer Brücke oder einen Fallschirmsprung aus einem Flugzeug, wenn er kein Shirt trägt. Mein Gehirn hat einen Kurzschluss und ich kann keine rationalen Entscheidungen treffen, wenn mein Blick auf diese Bauchmuskeln fällt.

Er lacht. »Und ich habe sogar Fotos zu Beweiszwecken gemacht.« Er holt sein Handy heraus. »Schau dir dein Gesicht auf diesem hier an. Unbezahlbar.«

Ich sehe mich selbst an, den Ausdruck des blanken Entsetzens in den Augen und den Mund zu einem breiten O verzogen, als ich meine Fahrt über die schöne Plantage begann. Ehrlich gesagt war sie von der Plattform aus noch schöner. Ich konnte sie nicht sehen, während ich am Seil entlanggeglitten bin, weil ich meine Augen für die gesamte

Dauer der schrecklichen Fahrt zugekniffen habe, gleich nachdem er dieses Foto gemacht hat.

»Ich poste das Bild, auf dem du mit deinen Fingern und heraushängender Zunge den Rockergruß machst«, sage ich. Seine Bauchmuskeln sind auf dem Bild der absolute Wahnsinn. Das ist eine verdammte Thirst Trap.

Er lacht. »Tu, was du tun musst.«

Ich ziehe eine Augenbraue hoch. »Hawaii scheint dich lockerer zu machen. Vor ein paar Wochen hättest du mich das nie posten lassen.«

»Es ist der Rum«, sagt er und nickt zum Spezialgetränk des Abends, einem traditionellen hawaiianischen Mai Tai.

Ich kichere. »Ich sollte es lieber posten, bevor du es dir anders überlegst«, sage ich und hole mein Handy heraus. Er hält mich auf, indem er eine Hand auf meine legt, und ich kann nicht anders, als dieselbe elektrische Anziehungskraft zu spüren, die ich immer spüre, wenn seine Hand auf meiner liegt.

»Bevor du etwas postest, denk daran, dass die siebenhunderttausend Leute, die meinen Account bereits gefunden haben, wissen werden, dass wir auf Hawaii sind.«

Verdammt! Als PR-Agentin hätte ich definitiv daran denken sollen. »Ich werde auch die Mai Tais dafür verantwortlich machen.«

Er lacht. »Wir können so viele Fotos machen, wie wir wollen, und uns das Posten für zu Hause aufheben.«

Ich sehe ihn mit zusammengekniffenen Augen an. »Gute Idee. Vor allem, weil deine ganze Familie hier sein wird. Mit dir und deinem Quarterback-Bruder gäbe es eine Flut von ausverkauften Flügen in Richtung Maui.«

»Vergiss meinen Vater nicht. Er war jahrelang College-Trainer.«

»Wo hat er trainiert?«, frage ich und nehme einen

weiteren Schluck von meinem Getränk. Das ist mein zweiter und ich spüre bereits die belebende Wirkung.

»Michigan. Und Jack spielte für die USC.«

»Also Wisconsin, Michigan und USC? Ich weiß nichts über College-Football, aber das klingt nach großen Schulrivalitäten.«

Er hebt eine Schulter. »Keiner ist der größte Rivale des anderen, aber ich habe gegen Jack gespielt, als ich auf dem College war. Ich habe auch gegen meinen Vater gespielt.«

»War das seltsam?«

Er starrt auf sein Getränk, bevor er aufblickt und mir in die Augen schaut. »Nicht wirklich seltsam. Aber sowohl Jack als auch ich wissen eine Menge über den Trainerstil meines Vaters, genauso wie er eine Menge über unsere Spielstile weiß, also gab es in mancher Hinsicht Vorteile und in anderer Hinsicht Nachteile. Aber man studiert immer seinen Gegner, egal, wer es ist.«

Unser Abendessen wird serviert und ein wenig Essen hilft mir, das Brummen in meinem Kopf zu vertreiben.

»Um wie viel Uhr kommen sie morgen an?«

»Sie kommen alle zu unterschiedlichen Zeiten an. Kaylee hat für morgen Abend einen Tisch reserviert, also treffen wir uns einfach zum Abendessen, wenn alle da sind«, sagt er. »Ich will ihnen erst am Abend vorher von der Hochzeit erzählen. So hat niemand Zeit, es zu vermasseln.«

Ich stamme aus einer Familie, in der ich in der Lobby auf alle warten und sie umarmen würde. Luke kommt eindeutig nicht aus einer solchen Familie, und ich frage mich nicht zum ersten Mal, in was für eine Familie ich da eigentlich einheirate.

Spielt das eine Rolle, wenn alles nur Show ist? Ich schätze, die Zeit wird es zeigen.

Kapitel Dreizehn

Ich betrachte mich ein letztes Mal im Spiegel. Meine Haut leuchtet nach ein paar Tagen in der Sonne und das gelbe Kleid, das ich für heute Abend gewählt habe, verstärkt dieses Leuchten noch. Ich atme tief ein. Ich bin nervös und will, dass sie mich mögen, auch wenn es keine Rolle spielt. Ich bin von Natur aus ein People Pleaser, der möchte, dass *jeder* sie mag. Und nach den wenigen Informationen, die ich über Lukes Familie bekommen habe, bin ich nicht allzu zuversichtlich, dass sie sich überhaupt für mich interessieren werden. Außer vielleicht Kaylee.

Ich komme aus dem Bad und sehe Luke auf dem Stuhl in der Ecke sitzen, die Augen wie immer auf ESPN gerichtet. Er trägt Jeans und ein Hemd, und obwohl er absolut leger ist, sieht er elegant und köstlich aus. Mir läuft das Wasser im Mund zusammen, als ich ihn in mich aufnehme, bevor sein Blick zu mir wandert. Und als er das tut ... nun, dann scheint es, als wäre ESPN einfach nicht mehr wichtig.

Die Art, wie er mich ansieht, lässt mir die Knie zusammenschlagen. Die Hitze in seinem Blick sorgt dafür, dass sich mein Magen vor Nervosität noch mehr zusammenzieht. Ich wünschte, das wäre alles echt ... dass er das Gleiche fühlt wie ich.

Er schaltet den Fernseher aus und steht auf. »Wow, Ellie«, sagt er und lässt seinen Blick über meinen Körper gleiten.

»Ist das ein gutes *Wow*?«, frage ich, offensichtlich auf der Suche nach einem Kompliment.

»Es ist ein unglaubliches Wow.« Er macht noch einen Schritt auf mich zu und dann ist es, als ob er merkt, was er tut, und kurz innehält. Er atmet aus und blickt schließlich von mir weg und auf die Uhr. »Sollen wir nach unten gehen?«

Ich nicke, während ich versuche, die Enttäuschung zu verdrängen. »Bist du bereit für all das?«, frage ich.

Er kichert. »Nö. Nicht einmal ein bisschen.«

»Dann bin ich wenigstens nicht allein.«

Sein Mund verzieht sich zu einem kleinen Lächeln. »Du bist nicht allein.«

Ich verziehe die Lippen und beiße mir auf die Innenseite meiner Wange, um die Tränen, die mir in die Augen steigen wollen, zurückzuhalten. Das ist ja das Problem, nicht wahr? Ich bin mit all dem sehr allein, und der Gedanke ist ziemlich niederschmetternd.

Wir gehen zum Aufzug, fahren hinunter in die Lobby und kurz bevor sich die Türen öffnen, nimmt er meine Hand in seine. Mein Herz schlägt sofort höher, bis mein Gehirn sich wieder gefangen hat. Das ist nur Show. Das ist es, was wir jetzt tun werden. Wir werden die Rollen spielen. Wir tun so, als ob. In der Zwischenzeit wird mein Herz schlagen, und ich hoffe, dass es sich wieder erholen wird, wenn die ganze Sache vorbei ist.

Warum tue ich mir das an?

Ich habe bis heute nicht zugelassen, dass sich diese Frage in meinem Kopf festsetzt. In diesem Moment. Genau jetzt.

Warum tue ich mir das alles an?

Was habe ich davon?

Zuerst klang es nach Spaß. *Heirate den heißen Footballtypen, den besten Freund deines älteren Bruders.* Das war damals, als das alles noch eine große Schwärmerei war. Aber aus der großen Schwärmerei sind echte Gefühle geworden, und er hat ziemlich deutlich gemacht, dass, obwohl da definitiv etwas zwischen uns ist, er es nicht ausleben wird. Für ihn ist das nichts weiter als eine geschäftliche Vereinbarung. Für mich ist es jedoch mehr als das.

Ich halte seine Hand in meiner, während wir zum Restaurant gehen, und er murmelt etwas vor sich hin, als wir näher kommen.

»Was?«, frage ich.

»Jack ist noch nicht da«, sagt er mit zusammengebissenen Zähnen, und als ich zu ihm aufschaue, huscht ein Lächeln über seine Lippen. Ich kenne ihn zwar nicht *so* gut, aber ich kann den Unterschied zwischen echt und unecht erkennen. Dieses ist unecht. Ich zwinge mich selbst zu einem, als wir uns einer Dreiergruppe nähern.

»Lu-Lu!«, sagt ein wunderschönes Mädchen. Ihr langes dunkles Haar fällt in hübschen Wellen bis zur Mitte ihres Rückens und ihre blauen Augen leuchten, als sie sich schnell zu mir umdreht. Ich sehe eine unmittelbare Familienähnlichkeit zwischen ihr und Luke.

Seine Hand lässt meine nicht los, jedoch wird sein falsches Lächeln ein bisschen echter. »Hey, Kay-Kay«, sagt er und legt einen Arm um ihre Schultern, während sie ihre Arme um seinen Hals wirft. Als er sich aus ihrer Umarmung löst, nickt er mir zu. »Ich möchte dir jemanden vorstellen«, sagt er zu seiner Schwester. »Das ist meine Verlobte Ellie.« Er dreht sich zu mir um. »Ellie, Kaylee.«

»Freut mich, dich kennenzulernen«, sage ich und lasse Lukes Hand los, um sie zu umarmen.

»Gleichfalls«, sagt sie. »Ich kann es kaum erwarten, meine zukünftige Schwägerin kennenzulernen.«

»Das ist die Verlobte?«, fragt eine andere weibliche Stimme, und als ich mich aus der Umarmung mit Kaylee löse, stehe ich vor einer älteren Version von Kaylee, nur mit einem kurzen Bob-Haarschnitt und ein paar Fältchen um die Augen. Ich lächle, als mein Blick zu dem Mann wandert, der offensichtlich sein Dad ist. Die Ähnlichkeit ist groß.

»Mom, Dad, das ist Ellie«, sagt Luke. Er begrüßt keinen von ihnen mit einer Umarmung, was mich überrascht.

»Carol Dalton«, begrüßt mich die ältere Version von Kaylee und streckt mir die Hand zum Schütteln entgegen. Ich nehme ihre in meine und ihre ist kalt.

»Freut mich, Sie kennenzulernen«, sage ich.

»Tim«, sagt sein Vater, und wir schütteln uns ebenfalls die Hände, woraufhin ein unbeholfener Moment folgt.

»Das ist also das Mädchen, das du heiratest, obwohl du ein anderes Mädchen geschwängert hast?«, fragt Carol, die mich mit ihren Augen scharf mustert.

Bei ihrer Frage verschlucke ich mich und schaue zu meinem Verlobten, der wütend aussieht.

»Mom«, sagt er scharf, seine Stimme ist eine klare Warnung.

Sie zieht eine Augenbraue hoch und schürzt die Lippen, aber sie sagt nichts.

Sie entschuldigt sich nicht, aber ihr Sohn tut es. »Es tut mir leid, Ellie. Das war unangebracht.«

Ich schüttle den Kopf und will gerade sagen, dass es in Ordnung ist, als Tim sich meldet. »Jack ist jetzt auf dem Weg nach unten. Wir können schon mal zu unserem Tisch gehen.«

Kaylee begrüßt die Kellnerin und wir folgen ihr alle zu einem Tisch in einem privaten Raum, was sehr angenehm ist, da ich mit drei Prominenten, einer jüngeren Schwester und meiner zukünftigen Schwiegermutter zusammen zu Abend essen werde. Luke drückt meine Hand, während wir gehen, und als ich zu ihm schaue, ist sein Blick auf den Boden gerichtet. Ich kann nicht sagen, ob er meine Hand nur zur Show hält oder ob es etwas damit zu tun hat, dass er im Moment einfach jemanden braucht. Und ich bin jemand. Auftritt Ellie oder was auch immer.

Ich drücke seine Hand und er sieht zu mir. Ich sehe die Schwermut in seinen Augen, eines der ersten Male, dass ich ihn wirklich gut lesen kann, und mein Herz schmerzt für ihn. Die Familie zu sehen, sollte Freude bringen ... nicht was auch immer das hier ist. Ich schenke ihm ein Lächeln und drücke noch einmal seine Hand, nur um ihn wissen zu lassen, dass ich für ihn da bin, was auch immer er braucht. Wir werden das gemeinsam durchstehen.

Was den ersten Eindruck angeht, so scheint Kaylee süß zu sein, über den Vater habe ich mir noch keine Meinung gebildet, und die Mutter ist im Grunde schrecklich. Ich kann es kaum erwarten, herauszufinden, wo Jack im Vergleich zu den anderen steht.

Carol setzt sich zuerst. Es ist ein rechteckiger Tisch und sie wählt den Stuhl am Kopfende des Tisches. Tim lässt sich am anderen Kopfende des Tisches nieder. Ist das das Ende?

Luke und ich sitzen mit dem Gesicht zur Tür und er blickt immer wieder dorthin, während wir alle auf seinen Bruder warten. Ich blättere in der Speisekarte, als ich ein scharfes Einatmen neben mir höre und Luke sich zu versteifen scheint.

Ich schaue zur Tür und atme selbst scharf ein.

Und tatsächlich, ein weiteres Mitglied dieser unglaublich attraktiven Familie steht in der Tür. Intensive dunkelblaue Augen scheinen einen Sturm von Emotionen zu verbergen, dunkles Haar, das präzise gestylt ist, ein kräftiger Kiefer, der gerade so viel gepflegten Bartwuchs aufweist, dass er ein wenig geheimnisvoll wirkt, und die gleichen vollen Lippen wie sein Bruder.

Jack Dalton hat eine Ausstrahlung, die Aufmerksamkeit erregt, und meine hat er auf jeden Fall ... wie auch die aller anderen am Tisch. Er mustert seine Familie, seine Augen schweifen an mir vorbei, als wäre ich für ihn unwichtig, und er schreitet selbstbewusst in den Raum.

»Hallo, Daltons«, sagt er, seine Stimme ist ähnlich tief und voll wie die von Luke.

Tim steht auf, um seinem Sohn die Hand zu schütteln, und mein Blick fällt auf ihre Verbindung. Seine Hände sind groß wie die von Luke und seine Finger lang. Ich frage mich, wie viele Footbälle er in seinem Leben schon geworfen hat. Ich frage mich, wie viele Frauen er mit diesen Händen schon beglückt hat. Ich schüttle den Gedanken ab, als Tim Jack auf die Schulter klopft. Carol steht auch auf und umarmt Jack. Kaylee und Luke stehen nicht auf, und das ist für mich eine seltsame Dynamik. ~~Jack nimmt seinen Platz ein.~~

»Das ist Ellie«, sagt Luke. »Meine Verlobte.«

»Ich habe die Schlagzeilen gesehen«, sagt Jack kurz, anstatt etwas zu erwidern wie *Schön, dich kennenzulernen* oder *Willkommen in der Familie*.

Er stellt sich nicht vor. Stattdessen bewegt er sich auf seinen Stuhl zu, als ob ich einfach wissen müsste, wer zum Teufel er ist. Nun, Blitzmeldung, Arschloch, vor ein paar Wochen hätte ich das noch nicht gewusst.

»Also, Luke, wie habt ihr euch kennengelernt?«, fragt

Kaylee, die offensichtlich verzweifelt versucht, die Dinge zu normalisieren.

»Sie ist die Schwester von Josh Nolan.« Er sagt den Namen meines Bruders, als würde jeder am Tisch wissen, wer das ist, und das tun sie auch alle. Ich spüre, wie mir die Hitze in die Wangen kriecht, als sich alle Augen auf mich richten. »Und wisst ihr was? Sie sieht sich nicht einmal Football an.«

Ich schaue mich am Tisch um und sehe die Mischung aus überraschten und entsetzten Augen sowie ein paar offene Münder bei dieser Aussage. Ich lächle und zucke leicht mit den Schultern. »Ich bin ein Einhorn.«

Luke lacht, legt einen Arm um meine Stuhllehne und drückt meine Schulter. Er beugt sich vor und drückt mir einen liebevollen Kuss auf die Schläfe, und mein ganzer Körper erwärmt sich. Ich werfe einen Blick auf Jack und bin mir nicht sicher, warum. Er beobachtet den ganzen Austausch. »Du bist mehr als ein Einhorn, Babe.«

»Ihr seid so süß«, sagt Kaylee und besiegelt damit offensichtlich meine sofortige Liebe zu ihr.

Ich stoße ein nervöses Kichern aus, und bevor ich eine geistreiche Antwort geben kann – was angesichts der vielen einschüchternden Menschen an diesem Tisch natürlich nicht möglich ist –, meldet sich Jack zu Wort. »Wahrscheinlich ein kluger Schachzug, Luke. Die letzten beiden Fanatikerinnen haben dich ganz schön verarscht.«

Luke wirft ihm einen bösen Blick zu, aber Jack lacht nur.

Wir sind gerettet, als jemand kommt, um unsere Essensbestellungen aufzunehmen. Mir fällt auf, dass Jack und Luke dasselbe bestellen – ein mittelgroßes Steak mit Ofenkartoffeln und Brokkoli. Das muss wohl eine Art Football-Diät sein, auch in der Nebensaison.

»Was hast du in der Nebensaison getrieben, Jack?«, fragt Carol.

»Wir wissen, was Luke getrieben hat«, sagt er und hebt die Brauen und sieht in meine Richtung. Als sein Blick auf mir landet, fühle ich mich ... entblößt. Gebrandmarkt. Nervös.

Meine Wangen röten sich noch mehr bei seiner Andeutung, obwohl sie nicht stimmt. Na ja, außer in dieser einen Nacht.

»Hör auf!«, sagt Luke.

»Ich habe mit den neuen Jungs trainiert«, sagt Jack und wendet sich an seine Mom, um ihre Frage zu beantworten. »Ich habe sie kennengelernt und meine Position als Teamkapitän genutzt, um unserem Team ein Gefühl des Stolzes zu vermitteln.« Er wirft seinem Bruder einen Blick zu. »Aber ich möchte dem Feind nicht zu viele Geheimnisse verraten.«

Luke verdreht die Augen. »Was man außerhalb der Saison macht, ist nicht, irgendwelche Geheimnisse preiszugeben.«

»Wir verstehen dich, Jack«, sagt Tim, als hätte Luke nie etwas gesagt. »Wir sind einfach so stolz auf deine Leistungen. Glaubst du, dass die Broncos wieder eine Chance haben, das große Spiel zu gewinnen?« Die Art und Weise, wie er das sagt, zeigt deutlich, dass es an diesem Tisch nur einen Sohn gibt, auf den er stolz ist, und mein Herz schmerzt wieder für Luke.

Er hat seine eigenen Errungenschaften. Er ist ein erfolgreicher Wide Receiver. Er spielt Profi-Football. Er ist ein aufrichtig guter Kerl. Er tut so viel für mich – er gibt mir eine Wohnung, einen Job ... er gibt mir Augenschmaus und Thirst Traps und Material für die Masturbationsvorlage.

Gott, wer hätte gedacht, dass ich mich allein durch die Anwesenheit bei diesem Familienessen noch mehr in diesen

Kerl verlieben könnte? Ich möchte ihn in die Arme nehmen, seine Hand halten und ihm sagen, dass sich hier jemand um ihn sorgt. Jemand hier ist stolz auf ihn. Jemand hier hält große Stücke auf ihn.

Dieser Jemand bin ich.

»Mehr als eine Chance«, sagt Jack zu seinem Vater. »Wir haben einen der besten Receiver der Liga getradet«, sagt er, wobei sein Blick zu seinem Bruder wandert, als wolle er andeuten, dass Luke *nicht* zu den besten Receivern gehört. »Und in Kombination mit der Schnelligkeit unserer Draft Picks und den Fähigkeiten unseres aktuellen Teams werden wir sogar noch stärker zurückkommen. Erwartet eine Wiederholung!«

Luke kichert und schüttelt den Kopf.

»Was?«, fragt Jack in einem etwas anklagenden Tonfall für jemanden, der vor Selbstbewusstsein nur so strotzt.

»Die Aces sind in Topform, Mann. Ihr werdet um eine Wiederholung kämpfen müssen.«

»Ich schätze, wir werden in der nächsten Saison zweimal herausfinden, welches Team besser ist«, sagt Jack mit einem Grinsen. Diesmal ist es weniger Selbstvertrauen als vielmehr Überheblichkeit. Und trotzdem hat der Typ etwas unglaublich Charmantes an sich. Er verhält sich wie ein Arschloch gegenüber seinem einzigen Bruder, aber er tut es mit einem Lächeln, das so verdammt echt wirkt, dass man sich des Eindrucks nicht erwehren kann, dass er Luke irgendwie ein Kompliment macht, obwohl das nicht der Fall ist.

Mein erster Eindruck von ihm ist, dass er jemand ist, der allen im Raum das Gefühl gibt, etwas Besonderes zu sein, nur weil sie im selben Raum wie er sind. Und irgendwie schließt das auch mich ein, obwohl er kaum einen Blick in meine Richtung geworfen hat, seit er hereingekommen ist, außer um irgendeine sexuelle Anspielung auf seinen Bruder zu machen.

Ich hasse es, dass ich dazu gehöre. Ich möchte ihn nicht mögen, aus dem Grund wie er seinen Bruder behandelt ... doch bin ich unglaublich fasziniert von ihm. Unglaublich angezogen von ihm. Als ob ich *möchte,* dass er mich ansieht, mich bemerkt.

Sein Bruder hat dieses Gefühl ganz sicher nicht.

Jack dominiert das Gespräch beim Abendessen mit Geschichten über seinen großen Sieg und die anschließenden Feierlichkeiten, während Luke still bleibt. Ich erfahre, dass die Aces letztes Jahr in den Playoffs gegen Jacks Team verloren haben – das Spiel, das die Broncos in den Super Bowl gebracht hat. Ich erfahre, dass Jack auf Frauen steht und er seine Worte in Gegenwart seiner Eltern nicht filtert. Ich habe das Gefühl, dass Jack mit jedem flirtet – auch mit unserer Kellnerin, auch mit einer Frau, die an unserer Tür vorbeikommt und ihn erkennt, auch mit mir, wenn sein Blick über den Tisch zu mir wandert, während ich neben seinem Bruder sitze, den ich heiraten werde.

Ich erfahre, dass Luke vor seiner Familie zurückhaltend ist. Mir gegenüber ist er allerdings nicht so, was mir nur sagt, dass er sich mir gegenüber geöffnet hat, obwohl er wie ein verschlossenes Buch wirkt. Jetzt verstehe ich jedoch, *warum* er verschlossen ist. In seiner eigenen Familie steht er an zweiter oder dritter Stelle. Niemals an erster.

Ich habe nur noch nicht herausgefunden, *weshalb* das so ist.

Kapitel Vierzehn

Nach gefühlten unerträglichen zwei Stunden ist das Abendessen endlich vorbei. Jack geht als Erster, und ich habe keinen Zweifel daran, dass er eine Frau an sein Bett gefesselt hat, zu der er zurückmuss. Allein, wie er sein Steak schneidet, zeigt mir, wie kontrolliert und diszipliniert er ist. Er scheint die Art von Mann zu sein, die eine geheime Vorliebe hat, wenn du verstehst, was ich meine.

Tim bestellt noch eine Tasse Kaffee, obwohl das Essen schon vorbei ist, und ich schaue Luke an, da ich mir nicht sicher bin, ob wir noch mehr von dieser seltenen Form der Folter erleben müssen.

»Kaylee, würde es dir etwas ausmachen, mit Ellie an der Bar in der Lobby abzuhängen, damit ich ein paar Minuten mit Mom und Dad allein reden kann?«, fragt Luke.

»Das mach ich gern«, sagt Kaylee und steht auf.

Luke beugt sich vor und drückt mir einen Kuss auf die Wange. »Ich bin gleich da.«

»Vielen Dank für das Abendessen«, sage ich noch einmal zu Tim und er nickt kurz.

Kaylee hakt sich bei mir unter und wir gehen zur Bar, zum Glück weit weg von Carol und Tim. »Herzlichen Glückwunsch, dass du dein erstes Abendessen mit ihnen überlebt hast«, sagt sie und stößt mich leicht in die Rippen, woraufhin ich kichere.

»Ist es immer so unangenehm?«

»Nur, wenn Jack und Luke zusammen in einem Raum sind«, sagt sie. »Ich bin mir sicher, er hat dir ihre Vergangenheit erzählt.«

»Nicht wirklich«, gebe ich zu. Wir lassen uns auf die Hocker an der Bar gleiten, die ziemlich leer ist. »Nur ein paar kleine Häppchen hier und da.«

Sie zieht die Augenbrauen hoch, und ich schätze, als seine Verlobte sollte ich wohl besser in die inneren Abläufe seiner Familie eingeweiht sein.

Wir bestellen beide einen Mai Tai – wahrscheinlich eine schreckliche Idee, denn Alkohol macht die Lippen locker, und ich kann es mir nicht leisten, Lukes Schwester gegenüber die Wahrheit zu gestehen, aber nach unserem ersten Drink ist es von Vorteil, dass auch *ihre* Lippen locker werden. Ich frage mich, wie lange Luke noch braucht, aber dann fängt Kaylee an, alles auszuplaudern, als unsere zweite Runde kommt.

»Luke ist mein Lieblingsbruder, weißt du. Ich sollte mich wahrscheinlich nicht entscheiden, aber Jack ist einfach ... er ist Jack. Er ist der Liebling meiner Eltern, weil er der Älteste ist, ich bin der Zweitliebling, weil ich die Jüngste und das einzige Mädchen bin, und Luke fällt irgendwie in die Mitte. Er ist so ein guter Kerl, so talentiert im Football. Aber er neigt dazu, sich zurückzuziehen. Wir könnten eine so enge Familie sein. Wir versuchen es. Wirklich, das tun wir. Ich jedenfalls.

Diese jährlichen Urlaube waren meine Idee. Das ist die einzige Möglichkeit, meine vielbeschäftigten Brüder zu sehen, als ich noch ein Teenager war und sie gerade ihre ersten Schritte in der Liga gemacht haben. Und das ist auch heute noch so. Weißt du, dass ich Luke nicht mehr gesehen habe, seit wir in Neuseeland waren, und dass ich Jack seitdem nur einmal gesehen habe?«

Ich bin mir nicht sicher, ob das rhetorisch gemeint ist, und ich will nicht, dass sie aufhört, also hebe ich nur die Brauen und nehme einen Schluck von meinem Mai Tai.

»Wir standen uns früher näher, bevor die ganze Savannah-Sache zwischen den beiden stattfand, und da fing ihre Rivalität erst richtig an«, sagt sie.

»Du meinst die Artikel, die Savannah geschrieben hat?«, frage ich, um zu beweisen, dass ich wenigstens ein bisschen etwas über den Mann weiß, den ich heiraten werde.

»Die Artikel, ja, aber auch all die anderen Dinge«, sagt sie mit gesenkter Stimme. »Meine Eltern mussten sich entscheiden, und Luke ging dabei als Verlierer hervor. Es hat eine Kluft zwischen uns allen aufgerissen. Er hat aufgehört, uns die kleinen Dinge von sich mitzuteilen, die er früher mit uns geteilt hat, er hat Vertrauens- und Eifersuchtsprobleme bekommen, und es hat sein Selbstvertrauen zerstört.«

Ich runzle die Stirn. Welche anderen Dinge? Was hat ihn dazu gebracht, vor seiner eigenen Familie nicht mehr er selbst zu sein? Die Artikel haben ihm wahrscheinlich Vertrauens- und Eifersuchtsprobleme beschert, aber was hat sein Selbstvertrauen zerstört?

In eine Familie mit jemandem wie Jack hineingeboren zu werden, hat ihm wahrscheinlich ein geringes Selbstwertgefühl beschert. Sein eigener Vater bevorzugt seinen Bruder und seine Mutter offensichtlich auch. Waren sie sein ganzes Leben lang so?

Wer baut ihn auf, wenn seine Familie ihn niedermacht? Die schrecklichen Frauen, mit denen er vorher zusammen war?

Auftritt Ellie.

Ich will nicht zugeben, dass ich etwas nicht weiß, also schiebe ich es für später in den Hinterkopf. Aber ich *werde* Luke danach fragen.

Sie atmet tief durch. »Wie auch immer. Erzähl mir von dir! Ich habe mir immer eine Schwester gewünscht und Gott weiß, dass Savannah und Michelle nie auf diese Beschreibung gepasst haben.«

Ich lache. »Was willst du wissen?«

»Arbeitest du?«

Ich nicke. »Ich bin in der PR-Branche tätig und kümmere mich jetzt um die Öffentlichkeitsarbeit für deinen Bruder.«

»Ich habe sein Instagram gesehen. Es ist verdammt gut, Ellie. Ist das alles von dir?«

Ich nicke und zucke bescheiden mit den Schultern. »Ja. Er wollte keinen Account, aber ich habe ihn überredet.« Ich verzichte darauf, zu erwähnen, dass er tatsächlich einen *brauchte*, um seine Ziele zu erreichen. Ich bin mir nicht sicher, ob Luke möchte, dass ich seiner Schwester von all dem erzähle – vor allem nicht, wenn erst seine Mom, dann sein Dad und schließlich auch Jack davon erfahren. Er hat recht, was die Familienpolitik angeht. Es gibt hier eine Menge Mist, die ich nicht erwartet habe.

»Gott, wenn du ihn dazu bringen könntest …«, sie verstummt, aber sie deutet an, dass ich gut zu ihm passe. Es ist ein gutes Gefühl, dass das einzige Familienmitglied, dessen Meinung er vielleicht sogar respektiert, so über uns denkt. »Wann werdet ihr heiraten?«, fragt sie.

Ich erstarre. Es sind unsere gemeinsamen Neuigkeiten, aber das ist immer noch sein Revier. Er wollte warten und es allen am Abend vorher sagen, und es liegt an mir, das zu respektieren. Ein weiterer Mai Tai hätte mich allerdings nicht davon abhalten können. »Oh, ich weiß nicht. Du kennst doch Luke.« Ich verziehe die Lippen und rolle mit den Augen.

»Was soll dieses Augenrollen bedeuten?«, fragt der Mann selbst. Er muss sich von hinten an mich herangeschlichen haben.

Ich zucke zusammen, erschreckt von seiner Stimme. »Ich wusste nicht, dass du da stehst. Deine Schwester hat mich gerade gefragt, wann die Hochzeit ist.«

»Ah«, sagt er und zuckt mit den Schultern. »Wir werden uns schon etwas einfallen lassen.«

Gutes Ausweichen, Luke.

»Und warum nennst du ihn Lu-Lu?«, frage ich Kaylee.

Sie kichert. »Als ich klein war, konnte ich *Luke* nicht aussprechen, also habe ich ihn so genannt. Das ist einfach hängen geblieben, obwohl er es verdammt noch mal *gehasst* hat.«

»Stell dir das vor«, sagt er und macht eine Bewegung mit den Händen in der Luft. »Ein zwölfjähriger Junge ist mit all seinen Freunden zusammen und seine zweijährige Schwester kommt vorbei und schreit Lu-Lu! Lu-Lu!« Er schüttelt kichernd den Kopf.

Kaylee und ich kichern beide.

»Worüber hast du mit Mom und Dad gesprochen?«, fragt Kaylee.

Er rollt mit den Augen. »Ich habe ihnen gesagt, sie sollen Ellie in Ruhe lassen. Es ist nicht ihre Schuld, dass Michelle schwanger ist.«

»Aber es *ist* deine«, sagt eine andere Stimme, die der von Luke ähnelt.

Luke beißt die Zähne und presst die Kiefer zusammen,

als wir uns alle umdrehen und Jack hinter uns stehen sehen. Er schnippt mit dem Finger in der Luft zum Barkeeper, der herbeieilt, um sich um den Mann zu kümmern, dem der ganze Raum gehört, nur weil er hier ist. Es ist wirklich ein Phänomen, das man gesehen haben muss.

Er bestellt einen Gin Tonic. Ich habe noch nie jemanden gesehen, der etwas mit Gin bestellt hat, und irgendwie verleiht das dem Ganzen noch mehr Raffinesse. Luke bestellt ein Bier, als der Blick des Barkeepers zu ihm wandert.

Wenn wir in derselben Bar ohne Jack wären, würde ich mir unweigerlich vorstellen, dass Luke der Mann wäre, dem der Raum gehört. Er ist entspannter als sein Bruder und definitiv nicht so arrogant, aber die Brüder haben einige der gleichen Qualitäten. Umwerfend gutes Aussehen, sportliche Fähigkeiten und diese dunkelblauen Augen, um nur einige zu nennen, sowie dieses angeborene Charisma – auch wenn die Brüder dieses Charisma auf völlig unterschiedliche Weise zum Ausdruck bringen.

Ich fühle mich plötzlich nervös, weil er hier ist. Irgendwie bringt seine Anwesenheit alles durcheinander ... obwohl ich zugeben muss, dass ich neugierig bin, wie diese Dynamik ohne die Eltern aussehen wird.

»Schön, dass du dich zu uns gesellst«, sagt Luke.

Jack lässt sich auf den freien Hocker neben Kaylee gleiten. »Ich dachte, ich könnte etwas Zeit für einen Drink mit meinen Lieblingsgeschwistern erübrigen.« Sein Blick fällt auf mich und meine Brust rast. »Und der zukünftigen Mrs. Dalton.«

Die Hitze steigt mir in die Glieder und ich nehme einen Schluck von meinem Mai Tai, um mich abzukühlen.

»Wann ist die Hochzeit?«, fragt Jack.

Ich schaue Luke verzweifelt an und warte auf seine

Antwort. Er gibt eine ähnlich vage Antwort. »Wir arbeiten daran.«

Jack brüllt ein Lachen. »Das ist unverbindlich. Ich dachte, du würdest nicht wieder heiraten.«

Es ist keine Frage, aber Luke behandelt sie wie eine. »Ich wollte es auch nicht. Und dann habe ich Ellie getroffen.« Sein Arm liegt auf meiner Stuhllehne und gleitet zu meiner Schulter. Er zieht mich in eine seitliche Umarmung und das Ganze fühlt sich ein wenig territorial an – was es auch sein sollte, da wir die Show jetzt sogar für seine Familie veranstalten.

»Scheint schnell zu gehen«, kommentiert Jack und der Barkeeper kommt mit den Getränken zurück.

»Das ist es«, gebe ich zu. »Aber wenn du es weißt …«

»Dann weißt du es«, beendet Luke den Satz und wirft mir einen liebevollen Blick zu, der mich für einen Moment vergessen lässt, dass Kaylee und Jack direkt neben uns stehen.

Mein Gott. Wenn das Schauspielerei ist, hat Luke einen Oscar verdient.

»Sie beenden bereits die Sätze des anderen. Wie schön.« Jacks letztes Wort trieft vor Sarkasmus und Luke beugt sich vor, um mir einen Kuss auf die Schläfe zu drücken.

»Eifersucht steht dir nicht gut«, sagt Luke.

Jack schnaubt, aber er geht nicht auf Lukes Behauptung ein, und plötzlich fühle ich mich wie ein Spielball in Lukes kleinem Spiel mit seinem Bruder.

War das schon immer Teil der Motivation hier? Mich vor seiner Familie zu heiraten oder genauer gesagt vor Jack?

Warum sollte das Jack eifersüchtig machen? Er könnte jede haben, die er wollte.

Obwohl Kaylee etwas davon erwähnte, dass da mehr mit Savannah war … wollte Jack Lukes Frau?

Fragen schwirren in meinem Kopf herum, aber ich habe keine Antworten und einen ziemlich starken Schwips vom Mai Tai.

Luke steht plötzlich auf und ergreift meine Hand. »Wir gehen jetzt.«

»Wir fangen gerade erst an«, sagt Jack und trinkt seinen Gin Tonic praktisch in einem Zug aus.

»Vielleicht machst du das«, sagt Luke, »aber meine Verlobte und ich machen jetzt Schluss für heute, wenn du verstehst, was ich meine.«

Jack zieht eine Augenbraue hoch und macht damit deutlich, dass er verstanden hat, worauf Luke hinaus will.

»Ihr zwei seid bezaubernd«, sagt Kaylee. »Viel Spaß, Kinder.«

»Und passt auf«, sagt Jack, während er dem Barkeeper zu verstehen gibt, dass er nachschenken soll. »Diese Familie braucht nicht noch einen Babyskandal.«

»Fick dich, Jack!«, sagt Luke leise und bösartig, dann nimmt er meine Hand in seine und führt mich von der Bar weg.

Kapitel Fünfzehn

Anstatt mich in unser Hotelzimmer zu bringen, schlendert Luke zu den Türen, die zum Pool führen. Nach den Worten seines Bruders ist er sichtlich verärgert. Ich sehe es daran, wie er die Schultern hängen lässt, wie er zu schnell läuft, als dass ich wirklich mithalten könnte, vor allem nach ein paar Mai Tais, während ich High Heels trage, und an den zusammengekniffenen Brauen.

Er läuft am Pool vorbei und schließlich schreie ich ihn an: »Langsamer!«

Er bleibt stehen, und ich stoße ein wenig mit ihm zusammen.

»Tut mir leid«, murmelt er und geht dann weiter. Als wir am Strand ankommen, zieht er seine Schuhe und Socken aus, und ich streife meine High Heels ab. Wir lassen sie im Sand liegen und er ergreift wieder meine Hand.

Er holt tief Luft und bläst sie langsam wieder aus, während wir langsam zum Wasser schlendern. Der Strand ist zu dieser späten Stunde menschenleer, aber er wird von den

Lichtern erhellt, die aus dem Hotel direkt hinter uns kommen. Er lässt meine Hand los, aber es ist ja auch niemand mehr da, für den wir die Show fortsetzen könnten.

»In was zum Teufel heirate ich da hinein?«, frage ich schließlich.

Er kichert, obwohl das nicht sehr lustig ist, aber das ist seine einzige Reaktion.

»Willst du mir erzählen, was zwischen euch beiden läuft?«, frage ich, sobald unsere Zehen das Wasser berühren.

Er räuspert sich, während er auf die sanften Wellen starrt, die über seine Zehen rollen. »Nicht wirklich.«

»Kaylee hat gesagt, Savannah sei zwischen dich und Jack gekommen«, versuche ich es noch einmal. »Und sie hat es so klingen lassen, als wäre da mehr gewesen, als du mir erzählt hast.« Ich überlasse es ihm, das weiter auszuführen, aber er starrt nur still ins Wasser. Ich lasse ihn seine Gedanken sammeln und dann, weil ich das Schweigen nicht ertrage, sage ich: »Sprich mit mir, Luke.«

Er seufzt. »Ich habe mein ganzes Leben lang in Jacks Schatten gelebt. Als Jack sich nicht an Savannah binden wollte, hat sie sich an mich gewandt, um ihn eifersüchtig zu machen. Ich war jung, dumm und geil. Ich dachte, sie wollte mich meinetwegen. Es hat sich herausgestellt, dass sie nur meinen Bruder wollte.«

Mein Kopf schnellt in seine Richtung. »Was?«

Er nickt und presst die Lippen aufeinander. »Sie war zuerst mit ihm zusammen. Sie waren fast ein Jahr zusammen, als er sie abserviert hat, und sie kam zu mir, um sich an meiner Schulter auszuweinen. Ich habe mich in sie verliebt und stellte sie über meine Familie. Da haben sich meine Eltern für Jack entschieden. Sie dachten, ich sei der Arsch, der ihm Savannah weggeschnappt hat, obwohl sie in Wahrheit ein hinterhältiges Miststück ist, die alles gesagt hat, um mich glauben zu lassen, dass sie die ganze Zeit nur mich wollte. Das war weit von der Wahrheit entfernt, und jetzt muss ich Unterhalt an eine Frau zahlen, die immer nur meinen Bruder und das Rampenlicht geliebt hat.«

»O mein Gott«, murmle ich, schockiert von dieser neuen Offenbarung.

»Siehst du?«, sagt er und klopft sich auf die Brust. »Ich bin kein Prinz.«

»Sie hat dich ausgetrickst, Luke«, sage ich. »Das schließt dich nicht aus der Kategorie der Prinzen aus.«

»Ich wurde ständig daran erinnert, dass ich sie über meine Familie gestellt habe. Ich habe den Familienkodex gebrochen, als ich mit der Ex meines Bruders geschlafen habe, obwohl er mir damals gesagt hat, dass er damit einverstanden sei. Ich fühlte mich beschissen, nachdem ich das erste Mal mit ihr geschlafen hatte, aber ich rief Jack am nächsten Morgen an. Ich war von Anfang an ehrlich zu ihm. Er sagte mir, dass es für ihn in Ordnung sei, und schließlich stimmte er zu, in ihren Artikeln erwähnt zu werden.«

»Warum sollte er das tun?«, frage ich. Die Wellen umspülen meine Füße, begraben sie im nassen Sand, und ich ziehe sie heraus, damit der Vorgang von vorn beginnen kann.

»Ich weiß es nicht. Vielleicht, weil ihm Savannah immer noch wichtig war. Sie waren lange Zeit zusammen und er wollte, dass sie eine erfolgreiche Karriere hat. Wir haben beide gewusst, welche Reichweite eine Geschichte über uns beide haben könnte, denn wir sind Brüder in der Liga und haben einen ziemlich bekannten Vater. Oder vielleicht, weil er wusste, dass ich als Arschloch dastehen würde, und er liebt jede Chance, die sich ihm bietet, um im Rampenlicht zu stehen.«

»Hast du also schon privat gelebt, bevor sie das ganze Zeug über euch beide gedruckt hat?«

Er hebt eine Schulter. »Ich schätze, ich war schon immer so. Wir sind eine berühmte Familie, aber wir sind nicht perfekt. Wir alle haben Geheimnisse, die wir lieber für uns behalten würden.«

»Was sind deine?«, frage ich leise.

»Abgesehen von der Heirat mit Savannah?«, brummt er. »Geschichten für einen anderen Tag.«

Es *gibt* also noch mehr Leichen im Keller. Interessant.

Ich bin mir allerdings nicht sicher, was ich mit den Enthüllungen von heute Abend anfangen soll.

»Was sind Jacks Geheimnisse?«, frage ich.

Er tritt in den Sand. »Ich habe keine Geheimnisse zu erzählen.«

Wir schweigen eine Weile, und dann, weil ich ich bin und mein Filter besonders nach Alkohol oft versagt, stelle ich die Frage, die mir an der Bar als Erstes in den Sinn kam. »Also diese Hochzeit und ich ... ist das alles nur ein Spiel, um deinem Bruder eins auszuwischen?«

Er räuspert sich und atmet dann aus. »Ich würde es nicht als *Spiel* bezeichnen«, sagt er. »Aber es *ist* eine Gelegenheit. Wir wollten das ohnehin machen und das Timing hat einfach gepasst. Ich kann mein Happy End mit meiner wunderschönen Braut vor meiner ganzen Familie zur Schau stellen. Einer Braut, die übrigens keine Verbindung zu meinem Bruder hat. Sie gehört ganz mir. Es ist ein Neuanfang. Außerdem, was gibt es Romantischeres als eine Hochzeit am Strand von Maui?«

»Auch wenn du keine echten Gefühle für diese Braut hast?«, dränge ich.

»Das brauchen sie nicht zu wissen.« Er zuckt lässig mit den Schultern und das macht mich nur wütend.

Ich nicke und presse meine Lippen aufeinander, während ich versuche, das alles zu verarbeiten. Es sollte nicht wehtun ... aber das tut es. Ich sollte dankbar für seine Ehrlichkeit sein ... aber ich bin es nicht.

Stattdessen frage ich mich jetzt, ob ich das wirklich tun sollte. All die Durchbrüche in den letzten Tagen, das Kennenlernen, der Spaß ... es fühlt sich an, als wäre das alles nur Teil seines Plans gewesen.

Luke liebt mich nicht. Er will mich nicht. Er hat keine Gefühle für mich, das hat er gerade mehr als deutlich gemacht.

Ich bin mir nicht einmal ganz sicher, ob ich ihm überhaupt *irgendetwas* bedeute.

Aber wie kann ich an diesem Punkt einen Rückzieher machen? Er mag keine Gefühle für mich haben, aber es ist nicht so, dass ich meine für ihn einfach abstellen kann. Und selbst wenn ich es könnte, was dann? Zurück nach Chicago ziehen?

Es ist ja nicht so, dass ich ein Zuhause oder einen Job hätte, der nicht mit Luke Dalton in Vegas zu tun hätte. Ich könnte dortbleiben, aber nach allem, was vor nicht allzu langer Zeit in Chicago passiert ist, riskiere ich meine Karriere erneut. Endlich habe ich einen *prominenten* Kunden. Das könnte mir so viele Türen öffnen, und ich muss nur noch das durchziehen, was wir bereits geplant haben.

Aber sein Eingeständnis schmerzt. Seine Worte schneiden. Vielleicht sollten sie das nicht, aber meine Gefühle sind involviert, auch wenn seine es nicht sind.

»Freut mich, dass das Timing für deine Gelegenheit gepasst hat«, sage ich, drehe mich um, laufe den Strand hinauf, schnappe meine Schuhe und gehe in Richtung des Hotelzimmers, das ich mit ihm teile.

Ich werde Nicki anrufen. Sie ist in den Flitterwochen, aber ich muss mit jemandem darüber sprechen. Ich bin verzweifelt, und wenn das kein Notfall ist, weiß ich nicht, was es ist. Was zur Hölle soll ich nur tun?

Ich wische mir eine Träne weg, als ich am Pool vorbeigehe.

Soll ich diesen lächerlichen Plan in die Tat umsetzen?

Ich weiß schon, was Nicki sagen wird. Die offensichtliche Antwort ist *Nein*. Ich tue mir nur selbst weh.

Ich weigere mich, weitere Tränen zu vergießen, bis ich in meinem Zimmer bin. Ich steuere schnurstracks auf den Aufzug zu. Ich muss hier weg, bevor mich ein anderer Dalton in der Lobby weinen sieht, nachdem Luke gerade zugegeben hat, dass er nichts für mich empfindet.

Doch das Schicksal hat offenbar andere Pläne.

Gerade als ich den Knopf drücke, um den Aufzug zu rufen, ertönt hinter mir eine Stimme. Sie klingt wie die von Luke, aber sie ist es nicht. Sie ist tiefer. Selbstbewusster. »Gehst du allein ins Bett?«

Ich drehe mich um, meine Füße immer noch nackt und meine Schuhe in der Hand. »Das geht dich nichts an.« Meine Stimme ist ein Zischen, und ich weiß nicht, warum ich so defensiv bin, da Jack keine Ahnung hat, was gerade zwischen Luke und mir vorgefallen ist. Ich hatte nicht einmal dreißig Sekunden Zeit für mich, um zu verarbeiten, ob ich überreagiere, also musste ich ihm natürlich über den Weg laufen.

Jack grinst und ich wünschte, sein Gesicht wäre nicht so verdammt gut aussehend. »Du wirst meinen Bruder heiraten. Klingt, als *ginge* mich das etwas an.«

»Ich bin nicht Savannah«, fauche ich ihn an.

»Oder Michelle.« Er lacht, aber ich verstehe den Witz nicht.

Oder Michelle?

Was zum Teufel soll das bedeuten?

Hat *Jack* mit Michelle geschlafen?

Ist Michelle wirklich mit Lukes Baby schwanger?

Oder ist es … Jacks?

Bevor ich diese Frage stellen kann, lehnt er sich ein wenig näher heran und senkt seine Stimme. »Er hat dich also in unsere Geschichte eingeweiht, ja?« Er ist so nah, dass ich ihn riechen kann, einen holzigen und maskulinen Duft, gemischt mit heißer Gefahr und Gin. Er senkt seine Stimme. »Hat er dir *alles* erzählt?«

»Natürlich hat er das«, lüge ich und ich bin mir nicht einmal sicher, warum ich lüge, nach dem, was er gerade am Strand zu mir gesagt hat. Ich bin wütend auf ihn. Ich bin verletzt und ich bin traurig. Und doch bin ich hier und beschütze ihn und unsere Lüge, während Jack mich in die Ecke drängt – eine Situation, in der ich mich unglaublich unwohl fühle, denn ehrlich gesagt kenne ich Luke nicht gut genug, um ihn zu verteidigen. Er hat mir nicht erlaubt, ihn kennenzulernen – jedenfalls nicht sein *wahres* Ich.

Die Fahrstuhltüren öffnen sich, aber ich steige nicht ein. Ich bleibe wie angewurzelt stehen, als Jack mich mit seinem Blick durchdringt.

Er zieht eine Augenbraue hoch, während sich sein Mund zu einem trägen Lächeln verzieht, das durchtrieben, anzüglich und definitiv kokett ist. »Gut. Dann weißt du ja, wie gern wir teilen. Ich wohne im Zimmer sechsundzwanzig null neun, wenn du Lust auf ein bisschen Spaß hast. Ich kann dir versprechen, dass du eine verdammt gute Zeit haben wirst … besser als alles, was mein kleiner Bruder dir bietet.«

Er steigt in den Aufzug, und seine hochgezogene Augenbraue ist eine klare Einladung, dass ich mit ihm auf sein Zimmer gehen soll.

Luke will mich nicht.

Aber Jack scheint das zu tun.

Ich will nicht Teil dieses Spiels zwischen den beiden sein, aber plötzlich werde ich in diese Welt hineingesogen, von der ich vor ein paar Minuten noch nicht einmal wusste, dass sie existiert. Plötzlich habe ich zwei Brüder, die von verschiedenen Seiten an mir zerren, und keiner von ihnen tut so, als wäre das mehr, als es ist.

Ich weiß nicht, ob ich nur einen von beiden will, aber ich bin mir sicher, dass ich sie beide will. Wie glücklich kann sich Savannah schätzen, dass sie ein Leben mit beiden Männern erleben durfte? Nicht nur wegen ihrer Talente oder weil sie verdammt heiß sind oder wegen ihres Ruhmes oder ihres Geldes ... sondern weil sie jeden Mann und sein Inneres kennengelernt hat, sie hat beide dazu gebracht, sich in sie zu verlieben, und sie hat mit beiden das Bett geteilt.

Und Michelle auch?

Ich könnte die Nächste sein ... außer, dass *keiner* der beiden Männer mich um meiner selbst willen will. Sie wollen mich nur benutzen, um den anderen Bruder zu übertrumpfen.

Ich sollte mich nicht auf ihn einlassen. Ich sollte diesen kleinen Raum nicht mit Jack Dalton teilen, nicht mit der verlockenden Einladung, die er gerade ausgesprochen hat, solange ich mit seinem Bruder *verlobt* bin.

Ich weiß nicht, ob ich diese Lüge mit Luke weiterführen kann.

Obwohl ich mich gerade sehr verletzt fühle, möchte ich ihn immer noch vor seiner Familie beschützen. Ich will ihm immer noch mit diesem Michelle-Schlamassel helfen.

Aber ich bin mir nicht ganz sicher, ob ich ihn heiraten kann.

Fortsetzung folgt

Fortsetzung folgt in Buch 3

Als der Mann, mit dem ich angeblich verlobt bin, vorschlägt, auf Hawaii zu heiraten, bin ich sofort dabei.

Und dann lerne ich seine Familie kennen.

Seine Eltern sehen ihn mit missbilligenden Augen an, und das ist nett, verglichen mit der Art, wie sie mich ansehen. Sein Bruder, der Profi-Quarterback, hält alles für einen Wettbewerb, auch, dass er mich von Luke abwerben will. Seine süße und quirlige Schwester ist der einzige Lichtblick in dieser Familie.

Allerdings spielt keiner von ihnen fair.

Es liegt an uns, sie in mit ihren eigenen Waffen zu schlagen. Die Zusammenarbeit mit Luke bringt uns nur noch näher zusammen, aber er gibt der Hitze zwischen uns trotzdem nicht nach. Ich bin die kleine Schwester seines besten Freundes. Er und ich sind Mitbewohner. Ich arbeite für ihn.

Das sind alles Gründe, die nicht wirklich wichtig sind, da ich meinen Traumprinzen um sechs Uhr am Strand heiraten werde.

Schade, dass es nicht echt ist.

Über den Autor

Lisa Suzanne ist eine Amazon-Top-Ten-Bestsellerautorin mithinreißenden Superstar-Helden, emotionalen Achterbahnen und jeder Menge Lebensängsten. Sie stammt ursprünglich aus einem Vorort von Chicago, lebt aber seit 2006 im sonnigen Arizona. Sie unterrichtete vierzehn Jahre lang Englisch an der High School und Aufsatzkurse am College, bevor siesich ganz dem Schreiben zuwandte. Sie hat zwei Kinder mit ihrem Ehemann, der ein absoluter Bücherfreund ist. Wenn sie sich nicht gerade liebevoll um ihre Kinder kümmert, arbeitet sie an ihrem neuesten Liebesroman, trinkt Kaffee oder sieht sich Wiederholungen von Friends an.

Printed in Poland
by Amazon Fulfillment
Poland Sp. z o.o., Wrocław

49833236R00092